暗处的女儿

LA FIGLIA OSCURA

ELENA FERRANTE

「意」埃莱娜·费兰特 著　陈英 王彦丁 黄语瞳 译

人民文学出版社

著作权合同登记号　图字 01-2023-0645

La figlia oscura
_____

by Elena Ferrante
© 2006 by Edizioni E/O

图书在版编目(CIP)数据

暗处的女儿/(意)埃莱娜·费兰特著;陈英,王
彦丁,黄语瞳译.—北京:人民文学出版社,2024(2025.10重印)
(埃莱娜·费兰特作品系列)
ISBN 978-7-02-018505-4

Ⅰ.①暗…　Ⅱ.①埃…②陈…③王…④黄…　Ⅲ.
①中篇小说-意大利-现代　Ⅳ.①I546.45

中国国家版本馆 CIP 数据核字(2024)第022434号

责任编辑　朱卫净　邰莉莉
封面设计　ablackcat.io

出版发行　人民文学出版社
社　　址　北京市朝内大街166号
邮　　编　100705

印　　刷　凸版艺彩(东莞)印刷有限公司
经　　销　全国新华书店等

字　　数　100千字
开　　本　889毫米×1194毫米　1/32
印　　张　5
版　　次　2024年3月北京第1版
印　　次　2025年10月第6次印刷

书　　号　978-7-02-018505-4
定　　价　45.00元

如有印装质量问题,请与本社图书销售中心调换。电话:010-65233595

1

——————————

我开车不到一个小时，身体疼了起来，我腰部的疼痛感又出现了。一开始我决定无视它，当我意识到没力气扶稳方向盘时，就开始担心了。在短短几分钟里，我的头变得很沉重，周围的车灯变得越来越苍白。我很快忘记了自己是在开车，好像感觉身处海边，而且是大白天，沙滩上空荡荡的，海水很平静，在距离海岸几米的地方，有一面红旗在空中飘扬。我小时候母亲经常会吓唬我说："勒达，如果海边是红旗，绝对不能下水，红旗的意思是海浪很大，你可能会被淹死。"那种恐惧持续了很多年，甚至是现在，有时海面像镜子一样，一直延伸到天边，我也会很担心，不敢下水。我心想：下水游泳吧，他们可能忘了把红旗从旗杆上降下来了。我会在岸上走来走去，小心翼翼地用脚尖试探着海水。我母亲时不时会出现在沙丘上，对我高喊，就好像我还是个小孩子："勒达，你在干什么呢？没看到红旗吗？"

在医院里，我睁开眼睛，有一刹那，我仿佛看到了一片平静的海面，后来我觉得那并不是梦境，而是在醒来的过程中因惊恐而产生的幻觉。医生告诉我，我的车子撞上了防护栏，还好后果不是很严重，我身上唯一比较严重的伤口在左腰部，那是一道难以解释的创伤。

我在佛罗伦萨的朋友都来看我，比安卡和玛尔塔也回来了，甚至连詹尼也来了。我说当时出事是因为犯困了，但我很清楚，不是那个原因。那是一个毫无意义的举动，正是因为无缘无故，我决定不告诉任何人。那些最难讲述的事，是我们自己也没法弄明白的事。

2

我的两个女儿去了多伦多，因为她们的父亲在那里已经定居很多年了。我发现，她们离开之后我一点儿也不难过，只是觉得很惊异，也有些尴尬。我感觉很轻松，就像到那时为止我才真正把她们生出来，让她们来到这个世界。在将近二十五年后，我第一次感觉不用再为她们操心、照顾她们。家里现在很整洁，好像没住人一样，我再也不用为买食物或洗衣服费心。那个多年来一直帮助我做家务的女人找到了一份更赚钱的工作，我觉得没必要找个人来替换她。

对于两个女儿，我现在唯一的任务，就是每天打电话问她们怎么样了，在做什么。通过电话交流，我感觉她们好像彻底安顿好了，已经独立了。实际上，她们依然和父亲生活在一起，但她们习惯在语言上把我们分开了，和我说话时，就好像他不存在。我问她们在那边的生活怎么样。她们要么会愉快地敷衍过去，要么恶声恶气，中间有很多让人厌烦的停顿，或者会用一种虚假的语气说话——如果她们和朋友在一起。她们也经常打电话给我，尤其是比安卡，她跟我更亲密，更需要我，但打电话过来也只是问我：蓝鞋子和橙裙子配不配？能不能在某本书里找到夹在里面的几页文件，尽快给她寄过去？她们也会把我当垃圾桶，发泄怒火，宣泄痛苦。虽然我们天各一方，生活在不同的大陆，她们的电话总是匆匆忙忙，有时像电影里对白一样虚假。

我会做她们交待的事，尽量满足她们的期望。因为距离遥远，我无法直接干预她们的生活，或满足她们的期许或无理的要求。我能做的越来越少，也无法承担很多责任，她们的每个要求对我来说都很轻松，她们交给我的每项任务都是温情的延续。我感觉自己彻底解脱了，真的很神奇，那就好像完成了一项异常艰难的任务，肩上的重担放了下来。

我开始做自己的事，不用考虑她们的时间表和需求。我会在夜里听着音乐，修改学生的论文；下午睡很长时间的午觉，耳朵里塞着耳塞；每天在楼下的小饭店里吃顿饭。在很短时间内，我发生了变化，我的心情、做事方式，甚至外表都发生了变化。在大学里，那些过于愚蠢或过于聪明的年轻人不再让我恼怒。我有个来往很多年的同事，我们偶尔会上床，有天夜里，他有些不安地对我说，我不像之前那么漫不经心了，对他也更慷慨体贴了。在短短几个月里，我变瘦了，体型恢复到了年轻时的样子，感觉自己充满了柔和的力量，思维也变得敏捷。有一天晚上，我看着镜中的自己——我四十七岁了，再过三个月就会过四十八岁生日——但我好像被施了魔法，身体年龄被抹去了很多，我变得更年轻了。我不知道这是不是好事，但我很惊讶。

再就是，我有一种从来没有过的轻松感。六月来了，我想去度假。我决定等考完试，填写完那些烦人的文件，就去海边度假。我在网上查了一下度假的地方，看了些照片，研究了价格，最后我租了一套房子，从七月中旬租到八月底。那是伊奥海海岸上的一套小房子，比较便宜。但实际上，我七月二十四号才得以出发，车上装着很多书，那是准备下一学期的课程所需的。一路上都很顺利，天气很好，从开着的车窗吹进干爽、清新的风，我感觉很自由，却没有享受自由的愧疚感。

在半路上停车加油时，我忽然感到一阵不安。过去我特别喜欢大海，但在最近十五年里，晒太阳只会让我神经紧张，马上会很疲惫。我想，我租的那套房子一定很糟糕，估计视野一般，也许周围都是些破败、廉价的建筑，只能远远看到一点海；附近一定会有夜总会，音乐会很吵，晚上难以入睡。最后一段路，我开车时心情有些坏，我想：如果待在家里，至少整个夏天可以舒舒服服地工作，每天享受空调，还有人去楼空、寂静无声的小区。

我到达时，太阳已经快要落山了。我觉得那个小镇很漂亮，人们说话的调子听起来很亲切，空气中也弥漫着宜人的气味。我看到一位年老的男人在等着我，他一头浓密的白发，很恭敬，也很客气，先请我喝了杯咖啡，他面带微笑，但态度坚决地阻止我拎任何行李。我只背着个小包，他弯腰驼背地拎着我所有的行李，喘着气把它们送到一栋小楼的四层，放在了房间的门口。那是个小阁楼，有一间卧室，正对着洗手间有一间小小的、没有窗子的厨房。还有一间客厅，有一面大玻璃窗户，客厅外面是个大露台，从上面望出去，可以看到夜色中一片礁石林立的海岸，还有无边无际的大海。

　　那个男人叫乔瓦尼，他并不是这套房子的主人，而是个看守，或者说行李员。但他不接受小费，看到我要给他小费，甚至有些生气，就好像我没搞清楚他正在做自己该做的，那是他热情欢迎的表现。我不停向他表示，我对房间的一切都很满意，他才肯离开。我在客厅桌子上看到一个大果篮，里面装满了桃子、李子、梨子、葡萄、无花果，看起来像一幅静物画。

　　我把藤椅搬到了露台上，坐在那里看着夜色一点点降临在海面上。那么多年来，每一次度假都是为了两个女儿，后来她们长大了，开始和朋友在世界各地旅行，我总是在家里等着她们回来。我担忧的不仅是各种灾难（坐飞机、坐船的风险，战争，地震，海啸），我也担忧她们脆弱的神经，担心她们和旅伴关系紧张，担心她们遭受爱情的创伤——无论是轻易的还是无望的爱情。我随时都做好心理准备，等着她们忽然求助。我担心她们会控诉我，说我心不在焉，不关心她们，总是沉浸在自己的世界里。这也是我的个性。算了，不想这些了，我站起来去洗澡。

洗完澡，我有些饿。我来到了那些水果面前，发现在漂亮的外表下面，那些无花果、梨子、李子、桃子、葡萄其实都很不新鲜，有的已经坏了。我拿了一把刀子切掉发黑的部分，但味道很难闻，水果也不好吃，我几乎把所有水果都丢在了垃圾筐里。我可以出去找一家餐厅，但我太累了，也很困，就放弃了吃晚饭。

卧室有两扇很大的窗户，我把窗户打开，关上了灯。我时不时看着外面，黑暗的夜空中，偶尔有灯塔的灯光扫过，有几秒灯光会照亮房间。我想，不应该在夜晚来到一个陌生的地方，一切都是决定性的，每样东西都会留下印记。我穿着浴衣躺在床上，头发还很湿，我看着天花板，等着它变亮，听着远处摩托艇的马达声，还有人在唱歌，声音很小，有些像猫叫。我感觉自己没有轮廓，无边无际。我躺在床上，辗转反侧，忽然在枕头上摸到了一个东西，特别像玻璃纸做的。

我打开了灯，在洁白的枕套上，有一只三四厘米长的虫子，看起来像只巨型的苍蝇。它翅膀是透明的，身子是深褐色的，一动不动地趴在那里。我想：这是蝉，可能肚子在我的枕头上被压扁了。我用浴衣的衣襟碰了碰它，它动了一下，但马上就停了下来。它是雄性还是雌性的？雌蝉的肚子没有弹性，它们不会唱歌，都是哑巴。蝉会在橄榄树上打洞，会让野生的白蜡树皮流下汁液。我小心拿起枕头，来到窗前，把那只蝉抖了下去，我的假期就这样开始了。

3

第二天，我收拾好游泳衣、浴巾、书、复印资料和笔记本，开车沿着靠海的省道行驶，寻找沙滩和大海。大约二十分钟后，右手边出现了一片松林，我看到了停车场的标志，便停下车。我拎着东西翻过公路旁的护栏，走入一条小径，小路上落满了发红的松针。

我很喜欢松脂的气味。小时候，我经常在海滩上度过夏天，那时公共海滩还没有完全被"克莫拉"黑帮修建的房子吞噬，穿过松林便能到达海滩。松脂的气味是假期的味道，让我回想起童年时夏天的嬉戏。干松果发出吱嘎声，落下时发出的扑通声，还有落在地上深色的松子，让我回想起母亲的嘴唇，她笑着咬碎果壳，取出淡黄色的松子，喂给我的几个叫嚷着争抢的姐妹。我不说话，只是在一旁默默等着，母亲也喂给我吃，或把松仁放到自己嘴里，松子表面的黑色粉末会弄脏她的嘴唇。她想鼓励我大胆点，会说："看吧，没你的分了，你比青松果还不开窍。"

这片松林很茂密，松林下的灌木丛缠绕在一起，在风力的作用下，树干向后倒去，像是怕海里有什么东西扑过来。我小心翼翼，不想被路人踩得发亮的树根绊倒。我走过时惊动了几只蜥蜴，它们倏忽跑过，离开有太阳的地方，找地方躲藏，看到它们，我不得不强忍着内心的不适。走了不到五分钟，开阔的沙丘和大海出现在眼前。从沙土里长出来的蓝桉树，树干歪歪扭扭，我穿过桉树林，走过一条夹在绿色芦苇和夹竹桃之间的木栈道，来到了一片干净整洁的海滨浴场。

我一下子爱上了这片沙滩。浴场收银台的男人皮肤黝黑、彬彬有礼，救生员是个年轻男孩，高高瘦瘦，没有什么肌肉，穿着红色运动衫和短裤。他态度温和，陪我走到太阳伞下，一切让我感到安心。沙子洁白细腻，我在清澈的海水中泡了很久，晒了会儿太阳。后来我拿着书来到阴凉处，享受着徐徐微风，欣赏着眼前色彩变幻莫测的大海，静静地读到太阳落山。一天就这样溜走了，我工作一会儿，然后胡思乱想、发呆。度过了宁静平和的一天，我决定之后常去那里。

不到一个星期，我慢慢养成了去那片沙滩的习惯。我穿过松林时，喜欢听松果在阳光下打开，发出吱吱嘎嘎的声音；喜欢闻一种绿叶的味道，叶片很小，像是香桃木；桉树皮一块块从树干上脱落下来，也让我很愉快。我走在小路上，想象着冬天雾霭中的松林结着冰，假叶树上挂满红色的浆果。每天我一来，收银台的男人都会热情地迎接我，他很客气，我会在吧台喝杯咖啡，买瓶矿泉水。救生员名叫吉诺，肯定还是个大学生，他殷勤地帮我撑开太阳伞，打开小折叠床，然后回到阴凉处看书。他嘴唇很厚，嘴巴微张，眼神专注，拿着铅笔在一本厚厚的课本上画线，可能正在准备某门考试。

我望着那个男孩，内心变得柔软起来。我游完泳之后，躺在太阳底下晒干，通常我昏昏欲睡，但有时睡不着，便眯着眼睛，确保在他没察觉的情况下，偷偷观察他。我觉得他并不平静，优美的身体有点儿神经质，他经常扭动着身体，用一只手把乌黑的头发揉得乱糟糟的，还会摸摸下巴。我两个女儿应该会很喜欢他，尤其是玛尔塔，她很容易爱上那些瘦瘦的、有些神经质的男孩。至于我喜不喜欢，那谁知道呢？我发觉，很长时间以来，我总是把心思放在两个女儿身上，却很少注意自己的感受。现在也一样，我按照比安卡和玛尔塔的经历，想象着她们的品位、爱好，用她们的目光看着眼前的男孩。

那个男孩正在学习，他似乎不用眼睛看就能察觉到周围发生的一切。只要我一动，想把躺椅从阳光下搬到阴凉处去，他就会马上起身，问我需不需要帮忙。我笑着对他摆了摆手，挪一下躺椅又不是什么难事。我需要放松，不需要考虑到期的账单，不需要面对紧急的事，不需要再照顾任何人，终于如释重负。

4

我是后来才留意到那对母女的，母亲很年轻，我不知道她们是我第一天来时就在那儿了，还是后来才出现的。在去浴场的三四天里，我注意到，那里有一群那不勒斯人，他们吵吵闹闹，有小孩也有大人：一个六十多岁的男人，看起来神情凶恶；四五个小男孩，无论在水里，还是在沙滩上，都放肆地嬉戏打闹；还有个肥胖的女人，腿很短，胸很大，或许不到四十岁，经常往返于水吧和沙滩之间，这女人怀着孕，挺着大肚子，走起路来很费劲，她的肚子露在三点式泳衣外面，撑起一条巨大的弧线。他们都是亲戚：祖父母、父母、子孙、堂兄弟、妯娌或连襟。他们大声笑着，拉长嗓音喊着彼此的名字，发出惊叹和亲切的叫喊，有时也会吵起来。这是个大家族，我小时候也属于这样一个家庭：一样的玩笑，类似的恭维，也有

同样的愤怒。

一天，我从书上抬起头，第一次看到了她们：一个年轻的女人带着个小女孩。她们从海边往太阳伞的方向走去，女人不到二十岁，低着头，小女孩三四岁，仰着头，出神地望着母亲。小姑娘抱着个娃娃，像妈妈抱着孩子一样，她们旁若无人地说着话，神态平和。那个孕妇在太阳伞下，怒气冲冲地朝她们的方向喊着什么。一个五十岁左右的女人，身材粗壮，头发灰白，穿得很整齐，或许是那个年轻女人的母亲，不高兴地摆了摆手，不知道在责备什么。但年轻女人置若罔闻，转过头继续和小女孩说话，她刚从海里上岸，步子不紧不慢，在海滩上留下深色的脚印。

那对母女也属于那个喧闹的大家族，但那个女人——那位年轻的母亲，我远远看到她纤细苗条的身体、精心挑选的连体泳衣，她脖颈修长，头型很美，长长的头发乌黑发亮，她颧骨很高，眉毛浓密，眼角上翘，像是印度人。我觉得这女人是家族里的另类，是个神秘的存在，她躲过了某种规则，或许是被拐来的，或在褪褓中被抱错了，但她早已习惯这种处境。

从那时起，我会不时望向她们，这成了我的习惯。

小女孩有些奇怪，我不知道她怎么了，或许是一种孩童的焦灼，或许是一种隐秘的疾病。她的脸一直朝向母亲，要求和母亲在一起：这是一种不哭不闹的恳求，母亲从不拒绝。有一次，我看到那个年轻女人给女儿涂防晒霜，真是特别仔细用心。还有一次，我看到她们一起下海，在水里度过了漫长的时光，这让我很有感触：母亲把女儿抱在怀里，孩子双手紧紧搂着她的脖子，她们身体挨在一起，鼻尖碰着鼻尖，笑着把嘴里的海水吐出来，亲吻着对方。有一次，我看到这对母女在一起玩娃娃，她们玩得很开心，给娃娃穿衣服、脱衣服，假装给她擦防晒霜，在绿色的小桶里给她洗澡，擦干，防止她着凉，把娃娃抱在胸前，就像在给她喂奶，或者把沙子当成粥喂给她吃。她们把娃娃放在浴巾上，和她一起晒太阳。如果说那个年轻女人本来就很漂亮，她当母亲的样子，更让她与众不同，好像除女儿之外她心无旁骛。

也不是说她无法融入那个大家庭，她会和那个怀孕的女人聊天，说个没完；会和那些与她年龄相仿、晒得黝黑的小伙子打牌，我想那可能是她的堂兄弟；还会和那位看起来很凶的老头沿着海岸散步，我猜那是她父亲；也会和几个叽叽喳喳的姐妹、姑姑婶子散步。我觉得她没有丈夫，也没有哪个男人看起来像小女孩的父亲。然而我注意到，家族里所有人都很爱她们，很照顾她们。那位五十岁左右、头发灰白、身材粗壮的女人，会陪着她去水吧给她女儿买冰淇淋。只要听到她喊一声，几个小男孩便会停下争吵，他们虽然喘着粗气，也会听话地去拿水、食物和她需要的东西。有时候，这对母女坐着红蓝相间的小划艇，刚驶出海岸线几米远，那个孕妇就会大声喊着尼娜、莱农、尼妮塔、莱娜这几个名字，会气喘吁吁、慌慌张张赶到岸边，吓得救生员慌忙站起来，看看发生了什么事。有一次，两个男人靠近女人，想和她搭讪，几个堂兄弟马上出面阻止，他们互相推搡，嘴里骂着脏话，差点打起来。

刚开始，我不知道是那个年轻母亲叫尼娜、尼农或尼妮，还是她女儿叫这些名字。名字太多了，我分不清楚，后来听他们叫的次数多了，我才大概知道谁是谁。听到他们频繁地喊来喊去，我明白了：尼娜是母亲的名字。获知小女孩的名字的过程要复杂些，一开始我弄不明白。我想，她的小名是娜尼、妮娜或者妮妮拉，但后来我明白了，那都是娃娃的名字。小女孩和娃娃形影不离，尼娜也很在意那个娃娃，就好像她有生命、是她的另一个女儿。实际上，小女孩叫埃莱娜，或者莱农，她母亲一直叫她埃莱娜，亲戚叫她莱农。

不知道为什么，我把那些名字写在笔记本里：埃莱娜、娜尼、妮娜、莱尼。或许我喜欢尼娜叫这些名字的方式，她对女儿和娃娃说那不勒斯方言，我很喜欢她说方言的语气，就是玩耍时说的，听起来温柔又甜蜜，让我很着迷。对我来说，语言里都包含着毒药，时不时会冒泡，非常神秘，没有解药。我想起我母亲的方言，她生气时，对我们大喊大叫，说出的那不勒斯方言不再温柔，就像有毒。她说："我受不了你们了，受不了了！"她的话里有命令、尖叫、辱骂，生活铺展开来，她的话语里就像有一根备受摧残的脆弱神经，一经触碰就会打破所有体面，让人痛苦。她过去三番五次威胁我们，对我们几个女儿说，她会离开我们。她说："等你们早上醒来，就再也找不到我了。"我每天醒来，都害怕得发抖。实际上，我母亲总说她会消失，但她一直都在家里。而那个女人——尼娜，看起来平静祥和，让我很羡慕。

5

假期的第一周已经快过去了：海边天气晴朗，微风徐徐，沙滩上还有许多空着的遮阳伞。外国人也来这里度假，意大利各地的方言、当地方言和外语混杂在一起。

到了星期六，海滩上人就多起来了。我的遮阳伞周围，到处可以见到便携小冰箱、水桶、铲子、沙滩椅和救生圈。我从书上抬起了眼睛，在人群中寻找尼娜和埃莱娜的身影，仿佛她们是让我打发时间的风景。

我用目光搜寻着她们，发现她们把躺椅挪到了离海水几米远的地方。尼娜趴在躺椅上晒太阳，在她旁边，以同样的姿势躺着的，我猜是那个娃娃。她女儿则拿着一把黄色的塑料洒水壶走到海边，装满水。水壶装满水后很重，她用双手提着壶，一边喘着气，一边笑着回到母亲身边，给她身上洒水降温。洒水壶空了，小女孩就又回去装水，同样的路线，同样的费劲，同样的游戏。

也许昨晚我睡得不好，也许是在没意识到的情况下，一些不快的事情在我脑中闪过。事实上，那天早上看到她们，我感到很厌烦。我觉得埃莱娜的方法很笨拙：她先给母亲的脚踝浇水，然后给娃娃浇水，问她们水够不够，两人都说不够，她又接着浇水。还有，我觉得尼娜太矫揉造作了，她先是高兴地喵喵叫，用不同的音调重复那种叫声，声音像是从娃娃嘴里发出的。她说：再来点儿，再来点儿水。我怀疑她这个举动不是出于对女儿的爱，而是为了向我们——海滩上的所有人，不管男女老少，展示她是个年轻漂亮的母亲，完美地扮演着她的角色。

小女孩不停地往母亲和娃娃身上洒水，母亲的身体在发亮，她的头发被洒水壶喷出的水柱打湿了，粘在头皮和额头上。小女孩以同样的方式往娃娃——娜尼、尼莱或妮娜——身上洒水，但娃娃不怎么吸水，水从蓝色塑料躺椅上滴到沙子上，沙子沾水后颜色变深。

我盯着来回走动的小女孩，感觉很不舒服，却不知道为什么。也许是因为她们的游戏，也许是尼娜在阳光下炫耀着她的幸福。哦，或者是她们的声音让我不舒服，是的，尤其是母亲和女儿模仿娃娃的声音。她们要么轮流和娃娃说话，要么同时说，大人模仿孩子、孩子模仿大人的语气交织在一起。她们想象那是同一个声音，从同一个喉咙里说出来的话，实际上，娃娃是没有声音的。显然，我无法进入她们的游戏，那双重声音让我越来越厌烦。当然，我离得很远，她们跟我有什么关系呢？我可以继续看着这场游戏，或熟视无睹，那毕竟只是一种消遣。但事实上，我感到很不自在，就像面对一件糟糕的事，脑中产生了一个荒唐的想法：想要求她们作出决定，给娃娃配个稳定、一致的声音，要么是母亲的，要么是女儿的，只有一种声音。

那种感觉就像轻微的疼痛，如果一直想着它，就会变得难以忍受。我开始心烦意乱，有那么一刹那，我想站起来，走到她们的浴床前，停在她们眼前，打断她们的游戏说："够了，你们不知道怎么玩这个游戏，别玩了。"我毫不犹豫地离开遮阳伞，朝她们的方向走去，我再也无法忍受了。当然，我最后什么也没说，我经过她们身边，眼神直视前方。我想，太热了，我一直讨厌待在人多的地方，每个人都用同样的调子说话，带着同样的目的走来走去，做同样的事情。我想，一定是周末的海滩让我神经衰弱，我走到海边，把脚泡在了水里。

6

中午出现了一些新情况，我在伞下打盹，虽然浴场上传来的音乐很吵，我听到那个孕妇在叫尼娜，似乎在告诉她一件特别的事。

我睁开眼，发现那个年轻女人把女儿抱在怀里，指着我身后一个什么东西，或什么人，语气中充满了喜悦。我转过头看到一位个头不高、身体笨重的男人，三十或四十多岁，从沙滩上的木栈道上走下来。他剃着光头，穿着一件黑色紧身背心，绿色泳裤，背心很紧，勒出了大肚子的形状。小女孩认出了他，笑着向他挥手，但有点不安，她把脸紧贴在母亲的脖子和肩膀之间。那男人神情严肃，举起手稍微打了个招呼。他脸长得很英俊，眼神锐利，他不慌不忙，停下来和浴场经理打招呼，亲切地拍了拍跑过来迎接他的年轻救生员的肩膀。与此同时，跟在他身后的一群身材粗壮的男人也停了下来。他们都很开心，已经穿上了泳衣，有的背着背包，有的拿着便携小冰箱，有的抱着两三个盒子，盒子上扎着丝带和蝴蝶结，应该是礼物。那个男人终于来到了海滩上，尼娜和小女孩来到他身边，那群人又停在那里。他依然很严肃，动作沉稳，先把埃莱娜从尼娜怀里抱过来，小女孩紧紧抱着他的脖子，不断地亲吻他的脸颊。这时他搂住尼娜的脖子，几乎迫使她弯下腰——她比那个男人至少高十厘米——快速吻了她的嘴唇，动作霸道沉着，以这种方式宣示自己的主权。

我猜那个男人是埃莱娜的父亲、尼娜的丈夫。那些那不勒斯人很快紧紧地围在他身边，就像在聚会一样，人很多，都快挨着我的遮阳伞了。我看到小女孩正在拆礼物，尼娜在试戴一顶难看的草帽。这时刚来的男人指了指海面上的一艘白色汽艇，那个长相凶恶的老人、几个孩子、灰白头发的胖女人、兄弟姐妹挤在岸边大喊大叫，挥舞着双臂，向汽艇上的人打招呼。汽艇越过一排红色浮标，在游泳者之间穿行，又越过一排白色浮标，到达了水深大约一米的地方，有几个孩子和老人都在那里戏水。发动机仍开着，这时从游艇上跳下来几个脸色黯淡的胖男人、穿金戴银的女人、过度肥胖的孩子。他们互相拥抱，亲吻。尼娜的帽子被风吹走了，她丈夫像一只通常一动不动的动物，但一有危险就会以意想不到的力量和果断一跃而起，尽管他还抱着孩子，但在帽子掉进水里前，他一把抓住了，还给了尼娜。那顶帽子比之前看起来更适合她了，我突然觉得帽子很漂亮，我有一种难以言喻的不适感。

场面越来越混乱，新到的人显然不满意太阳伞的摆放方式。尼娜的丈夫叫来了吉诺，浴场经理也来了。我明白，他们想待在一起，常驻在这里的人和来访的家庭，想组成一条战线，他们的日光浴床、躺椅、食物、欢快的孩子和大人都在一起。他们指向我这边，这里有空的遮阳伞，他们不停地比画，尤其是那个孕妇。她开始请旁边的人挪一下位置，从一把遮阳伞换到另一把，就像在电影院里问别人能不能往旁边挪几个座位一样。

空气中弥漫着游戏的气氛，那些度假的人有些犹豫，不想搬走自己的东西，但这个那不勒斯家庭里的大人和孩子，已经在兴高采烈地搬东西了。最后，虽然大多数人都不情愿，但还是挪开了，给他们腾出了地方。

我翻开了一本书，但此时心情很复杂，有一丝苦涩。那些声音、颜色、气味的每一次冲击，都让我内心变得更加酸涩，这些人让我很生气。我出生在同样的环境中，我的叔叔、表兄弟、父亲都是如此，他们霸道又客气，通常彬彬有礼，善于交际，但在他们嘴里，在虚假的和善之下，每个请求听起来都像是命令，如果有必要，他们会变得粗俗而暴力。我母亲对我父亲，还有他的亲戚的底层习性感到羞耻，她想与众不同，在那个世界里，她扮演衣着光鲜、满怀好意的太太，但一遇到冲突她就会撕开伪装的面具，变得和那些人一样：同样的行为、语言，暴力程度没有任何区别。我看着她，惊讶又失望，我决心变得和她不一样，成为真正不同的人。我要向她证明，她用那些离开的话来吓唬我们，说我们再也见不到她了，这没什么用，她必须真正改变自己。她真的应该离开家，离开我们，永远消失。我感到很痛苦，为她，也为自己感到羞愧：我从一个心怀不满的女人肚子里生出来。在混乱的海滩上，这种想法使我更焦虑，我对那些人的行为越来越厌恶，但我内心也有一丝不安。

在挪动的过程中，发生了一些小插曲。有个小家庭，都是外国人，他们想待在自己的遮阳伞下，不愿意挪开。那个孕妇不会外语，没法跟他们解释。几个小孩试图去沟通，几个晒得黝黑的小伙子也试着说服他们，面目狰狞的老头也试过了，但都没能成功。我意识到他们在和吉诺说话时，看着我的方向，最后救生员和那个孕妇像两个代表，来到我面前。

救生员指着那几个外国人——父亲、母亲和两个几岁大的儿子，他有些尴尬地说，他们是德国人，问我懂不懂外语，愿不愿意给他们翻译一下。那个孕妇把一只手背在身后，把裸露的肚子向前伸着，用方言补充说，那些人听不懂他们的话。他们只想告诉那几个外国人，只需要换一下太阳伞，没别的，她的朋友和亲戚想待在一起，搞一场聚会。

我向吉诺点头，态度很冷淡，我去和那几个德国人交谈，结果他们是荷兰人。我感觉到尼娜在注视我，我自信地大声说着话。不知道为什么，从说第一句话开始，我就有一股冲动，想要炫耀自己的能力。我兴致勃勃地跟他们交谈着，那个荷兰人家长被我说服了，现场又恢复了友好的氛围：荷兰人和那不勒斯人友好相处。我回到遮阳伞旁时，故意从尼娜身边走过，这是我第一次近距离看她。她看起来没那么漂亮，也没那么年轻，腹股沟的体毛也没有处理干净。她怀里的女儿眼睛湿漉漉的，很红，额头上布满了痱子，那个娃娃又丑又脏。我回到座位上，看起来很平静，但心潮涌动。

我又试着读书，但看不进去，我没有想着我对荷兰人说了什么，但我想到了我使用的语气。我怀疑自己在不知不觉中成了个使者，传递了他们的霸道，把那些粗俗的东西翻译成了另一种语言。我现在很生气，生那些那不勒斯人的气，也生我自己的气。因此当那个孕妇一脸痛苦地指着我，转身对那几个男孩、男人和吉诺喊道："去吧，那位太太也要挪开。""太太，您也愿意挪个位子，对吧？"我突然很抗拒，很不耐烦地说："我在这里就很好，对不起，我一点儿都不想挪开。"

7

我像往常一样在日落时分离开，但我很烦躁，心里很苦涩。我拒绝换地方，那位孕妇又说了几句，语气更强硬，后来那位老头也走过来，对我说了类似这样的话：这又不费什么事儿，今天您给我们行个方便，没准明天我们也会帮到您。我们只僵持了几分钟，可能我都没来得及再次明确拒绝他们，我只是摇了摇头。尼娜的丈夫忽然喊了一句，结束了这场争执，他虽然很远，但声音很大。他说："算了，我们地方够了，别打搅那位太太了。"所有人都走开了，年轻的救生员最后也走开了，他小声对我道了歉，回到了他的位置上。

我待在沙滩上，一直假装在看书。事实上，这一大家子人说的方言，在我的耳里好像放大了一般，他们的叫喊、说笑声让我无法集中精力。他们在庆祝某件喜事，又吃又喝，欢歌笑语，旁若无人，就好像沙滩上只有他们，或者我们在那里，只是为了见证他们的幸福。他们用摩托艇运来了许多家什，张罗了一顿丰盛的午餐，吃喝了好几个钟头：葡萄酒、甜点、烈酒，应有尽有。没人再看我一眼，也没人说讽刺、影射我的话。我穿好衣服准备离开时，那个挺着大肚子的女人离开人群，朝我走来。她递给我一个小碟子，上面是一块树莓冰淇淋蛋糕。

"今天是我的生日。"她严肃地说。

尽管心里抵触，但我还是接过了蛋糕。

"祝您生日快乐，您多少岁了？"

"四十二岁。"

我看着她的肚子，隆起的肚脐眼就像一只眼睛。

"您肚子真漂亮。"

她露出很满意的神情。

"是个女孩。之前一直没有怀上，现在才来。"

"您还有多久生？"

"两个月。我弟媳很快就怀上了，生了个女儿，我却等了八年。"

"该来的总会来的。谢谢您的蛋糕，再次祝您生日快乐。"

我吃了两口蛋糕，想把碟子还给她，但她没接。

"您有几个孩子？"

"两个女儿。"

"很快就怀上的吗？"

"我怀第一个女儿时二十三岁。"

"那她们很大了。"

"一个二十四岁，一个二十二岁。"

"您看起来很年轻。我弟媳说，您肯定不到四十岁。"

"我快四十八岁了。"

"还能这么美，您真是幸运，该怎么称呼您呢？"

"勒达。"

"妮达？"

"不，勒达。"

"我叫罗莎莉娅。"

这次我坚决把盘子递给她，她接了过去。

"之前我有些烦躁。"我有些不情愿地为自己辩解。

"有时大海会让人不安，您是在担心女儿吗？"

"孩子总是让人担心。"

我们道了别，我意识到尼娜在看我们。我闷闷不乐地穿过松林，现在我觉得自己错了。换把遮阳伞有什么呢？其他人都换了，包括那些荷兰人，为什么我就不愿意换呢？是自负、优越感在暗中作祟，还是我想要捍卫自己慵懒的沉思，又或者想给他们上一课，告诉他们什么是礼貌？我真愚蠢。我一直很关注尼娜，只是因为我觉得，从表面看她和我更接近，至于罗莎莉娅，她长得很丑，也不讲究，我都没有正眼瞧过她。那些人一定叫过她的名字很多次，但我从没注意过，我把她排除在外，对她毫无好奇心，对我来说，她就是个平庸粗俗、面容模糊的孕妇。这就是我的想法，我真是肤浅。还有我说的那句话：孩子总是让人担心。对一个即将分娩的女人说这样的话，真是不应该。我总是说些傲慢、讽刺或者让人产生疑虑的话。比安卡曾哭着对我大喊："你总觉得自己最好。"玛尔塔说："如果你只知道抱怨，为什么还要把我们生下来？"我心事重重地走着，这种时刻总会出现这些只言片语：孩子很愤怒，会很不高兴地责问你，为什么要把他们带到这个世界上？有风，松林散发着紫色的光。我听见身后传来嘎吱声，或许是脚步声，我转过身，四周一片寂静。

我继续向前走，忽然背部受到重重一击，像被台球打中了一样。我吓了一跳，疼得叫出声来，屏住呼吸转过身，看见一颗松果滚进了树丛里，像握紧的拳头那么大。我的心脏怦怦直跳，用力揉着后背，想减轻疼痛，我疼得喘不过气来。我望着四周的灌木丛，又抬头看着天空，头顶上的松树在风中摇曳着。

8

一到家，我就脱了衣服，对着镜子查看受伤的地方。我的肩胛骨之间有块淤青，边缘颜色很深，中间有些发红，就像一张嘴巴，我用手指碰了碰，很疼。我检查了衬衣，上面有黏糊的松脂。

为了平复一下心情，我决定到镇子里散散步，在外面吃晚餐。我怎么会被松果打中呢？我努力回想当时的情景，但想不明白，无法确定是有人算计我，把松果从灌木丛扔向我，还是松果自己从树上掉了下来。我突然被松果砸了一下，这让我很惊异，也很疼。当我想到天空和松树，就好像看到松果从高处掉落；我想到灌木丛，又好像看到投掷出的松果画出的抛物线从空中飞过，落在我的背上。

那是个星期六傍晚，像往常一样，街上人很多。大家都晒得黝黑，有全员出动的家庭，推着婴儿车的女人，厌烦或愤怒的父亲，勾肩搭背的年轻情侣，手牵着手的老夫妻。防晒霜的气味和棉花糖、烤杏仁的味道混合在一起。我后背很疼，就像燃烧着的木头从肩胛骨之间刺了进去，我满脑子都想着发生在自己身上的事。

　　我觉得有必要给两个女儿打通电话，说说发生的事。玛尔塔接了电话，像往常一样聊了起来，音调很高，喋喋不休。我觉得，她比往常更害怕我打断她，问一些不怀好意的问题，害怕我责备她，或者打断她夸张、愉快、忐忑的语气，她害怕我提出真正严肃的问题，让她认真回答。她一直对我说，她们姐妹俩不得不去参加一场聚会，我没弄明白，是在当晚还是第二天。她们的父亲很重视这场聚会，他的朋友会来，不仅有大学的同事，还有在电视台工作的人，都是有头有脸的人。他想在大家面前有面子，展示出尽管他还不到五十岁，但两个女儿都已经长大了，她们都很漂亮，很有教养。玛尔塔滔滔不绝，但突然提到了那个国家的气候，表达了她的不满。她感叹说，不论冬夏，加拿大都没法生活。她没问过我怎么样，或许她问过，但没给我机会回答。也许，她也从没提过她父亲，但我从她的每字每句中感受到了他的存在。我和女儿说话时，我觉得，有些话她们故意没对我说。有时，她们会生气地对我说："妈妈，我从没说过那些话，是你自己说的，是你编的。"我一直在听她们说，没编造任何东西，无声胜有声。那天晚上，玛尔塔说个没完没了，偏离了我打这通电话的目的。有一刹那，我想象着她还没出生，她不是从我肚子里生出来，而是在另一个女人腹中，比如在罗莎莉娅腹中，她生出来会带着另一副样子和脾性。这或许也是玛尔塔一直默默期望的，不做我的女儿。她在那片遥远的大陆上，有些神经质地谈论着自己，她说她要不停地洗头，因为她的头发永远很糟糕，理发师毁掉了她的头发，因此她不会去参加那场聚会，不会顶着乱七八糟的头发出门，比安卡会一个人去聚会，她的头发非常漂亮。玛尔塔和我说这些话，仿佛这是我的错，我把她生下来，但没法让她满意、幸福，她一直带着这种怨恨。我觉得她很轻浮，是的，轻浮、乏味。她在另一个空间，距离我太远了，距离这个夜晚的海滨路太遥远了，我无法捕捉到她。她继续抱怨着，后背的疼痛让我睁大了眼睛，我这时仿佛看到了罗莎莉娅，她体格粗壮、疲惫，带着那帮亲戚家的孩子，跟着我进了松林。她蹲下身子，裸露的大肚子像教堂的圆顶一样，靠在肥胖的大腿上，指着我说："打她。"打完电话，我已经后悔了，我不该打这通电话，我觉得自己比之前更不安，心怦怦直跳。

我得吃点东西，但餐厅里人太多了，我讨厌星期六晚上独自在餐厅吃饭。我住的地方楼下有家酒吧，我决定去那里吃点东西。我拖着疲惫的步伐走到酒吧，透过吧台的玻璃向里看，苍蝇飞来飞去。我点了两个炸土豆丸子、一个炸饭团、一杯啤酒。我无精打采地吃着晚餐，听见身后传来几个老人窃窃私语的声音，他们说着纯粹的方言，一边玩纸牌，一边暗暗笑着。我刚进来时，眼睛的余光瞥见了他们。我转了过去，看到乔瓦尼也在牌桌上，他是我刚到这里时接待我的行李员，之后我再没见过他。

乔瓦尼把牌放在桌子上，朝我坐着的吧台走来。他和我聊了聊，问我怎么样，适不适应这里的环境，公寓住得如何，都是些无关紧要的话。他和我说话时，脸上带着一个亲密的微笑，就像我们很熟络，尽管他没有理由笑得那么暧昧，毕竟我们只见过一面，当时也只有几分钟。真不明白是什么让他觉得我们是老相识，他说话声音很低，一边说，一边在一寸寸地靠近我，有两次他用手指碰了碰我的胳膊，还有一次，他把长满深色老人斑的手放在了我的肩上。最后当他问我，能否为我效劳时，几乎是贴着我的耳朵说的。我注意到，他的牌友默默盯着我们看，我感到很尴尬。他们和乔瓦尼年纪相当，七十岁上下，他们就像在剧院里，用难以置信的眼神在看一出好戏。等我吃完饭，乔瓦尼对酒吧服务员做了个手势，意思是这顿饭记在他账上，服务员怎么也不肯收我的钱。我道了谢，急着往外走，我跨过门槛时，听见那群打牌的人发出嘶哑的笑声。我明白了，那男人肯定在朋友面前吹嘘了什么，说他和我这个外地女人之间有某种亲密关系，乔瓦尼在扮演一个霸道男人的态度和习惯，演给那些人看。

我本应生气，但我的心情突然好了许多。我想回到酒吧，坐到乔瓦尼身边，在他们玩纸牌时明确地站在他那头，就像黑帮电影里的金发女郎。最终来说也就那么回事儿：这个干瘦的老头，头发还很浓密，只是皮肤布满老人斑，皱纹很深，他眼珠是暗黄色的，像蒙上了一层白膜，他会演一出戏，我也会配合他。我会在他耳边说话，用胸贴紧他的手臂，把下巴放在他肩膀上看他的牌。在余下的岁月里，他一定会很感激我。

但我回家了，待在阳台上，灯塔的光扫过我的身体，我感到一丝倦意。

9

我一整夜没合眼，背部的伤口发炎了，一阵阵地疼痛，一直到黎明，小镇四处都不停传来嘈杂的音乐声、汽车噪音、呼唤声、打招呼声。

我躺在床上，内心很凌乱，越来越感觉自己支离破碎，脑子里千头万绪：比安卡和玛尔塔、我工作中的困难、尼娜、埃莱娜、罗莎莉娅、我父母、尼娜的丈夫、我正在读的书、我前夫詹尼。黎明时，四处突然安静下来，我睡过去了几个小时。

我十一点才醒来，匆忙收拾好东西后，发动了汽车。但那天是星期天，天气很热，路上很堵，我好不容易停好车，到了海滩上。海边的人比前一天更多，男女老幼带着大包小包，走在松林里的小径上。大家争先恐后，希望尽快赶到海边，在沙滩上占有一席之地。

沙滩上的人川流不息，吉诺顾不上我，只和我打了个招呼。我一换上泳衣，就在阴凉处躺下，仰躺着，想挡住背上的淤青，我戴上墨镜，感觉头很痛。

　　沙滩上挤满了人，我寻找着罗莎莉娅的身影，但没看到她，那一大家子人似乎分散开了，混在人群中。我仔细看了半天，才找到尼娜和她丈夫，他们正沿着海滨散步。

　　尼娜穿着蓝色的分体式泳衣，我再次觉得她真美，虽然她正激动地说着话，但仍像往常一样自然优雅。她丈夫没穿背心，比他姐姐罗莎莉娅显得更矮更胖，他皮肤苍白，一点也没被太阳晒红。他步子很稳健，胸毛很重，脖子上戴着一条金链子，上面有个十字架，看起来真是让人厌恶。他大肚子上有一条深深的伤疤，从泳裤边缘延伸到肋骨那里，伤疤两边是鼓起的肉。

　　埃莱娜竟然没有跟他们在一起，我很惊讶，这是我第一次看到这对母女没在一起。后来我注意到：小姑娘离我只有几步远，独自坐在沙滩上，头上戴着她母亲的新草帽，在太阳底下玩她的娃娃。我注意到她的眼睛比之前更红了，时不时会用舌尖舔一下从鼻子里流出来的鼻涕。

　　埃莱娜像谁呢？我见到她父亲了，我觉得她身上父母的特征都有。人们见到一个孩子，马上会想这孩子像谁，匆匆地把孩子限定在父母的特征范围中。实际上，孩子是活生生的肉体，是无数个偶然造出的，来自一系列的遗传。这就像一项工程——自然就像工程，文化也是，科学紧跟其后，只有混沌不是工程——同时，也有强烈的繁衍需求。当时，我很想要比安卡，人想要孩子，那是动物懵懵懂懂的本能，再加上社会普遍思想的强化。我很快就怀上了比安卡，那时我二十三岁。我和她父亲都在努力奋斗，想留在大学工作。她父亲做到了，我却没有。作为女人，我需要处理各种各样的事：劳碌奔波、学习、幻想、创造，变得疲惫不堪，同时还要承受乳房变大，阴唇肿胀，一个生命在你滚圆的肚子里搏动，那是属于你的生命，你自己的生命会退而居其次。尽管这条小生命在你肚子里，但又会脱离你，让人充满欣喜，也很沉重，像贪婪的冲动一样，给人带来享受，又很恶心，就像血管里的寄生虫那样令人讨厌。

你的生命想要变成别人的生命。我把比安卡生了下来，她离开了我的身体，但我们周围所有人，包括我们自己，都觉得比安卡不能一个人长大，她太孤单了，需要一个弟弟或妹妹的陪伴。因此生下她不久后，我按照计划，是的，正如人们常说的，我按照自己的规划，又怀上了玛尔塔。

对我来说，二十五岁时，所有游戏都结束了。孩子的父亲满世界跑，工作机会不断。他都没时间好好看看孩子从他身上继承了哪些特征，是怎么展示出来的。他每次一见到两个女儿，便温柔地说："她们和你长得一模一样。"詹尼性格温和，两个女儿很爱他。他很少或者说几乎没照顾过她们，但如果有需要，他会尽自己所能陪伴她们，现在也一样。通常小孩都很喜欢他，如果詹尼在这里，他不会像我一样躺在躺椅上，而会去和埃莱娜玩耍，觉得自己有责任那样做。

我不会这样做。我看着埃莱娜，虽然她自己待着，但她的祖祖辈辈都包含在她身体里，想到这一点，我就有些厌恶，尽管我不知道是什么让我很反感。小女孩在玩娃娃，和她说着话，我知道那不仅仅是个半秃的娃娃，一半头顶有金发，一半秃着，我不知道对于埃莱娜来说，娃娃代表着什么。娜尼，埃莱娜叫着娃娃的名字，小娜娜、破娜尼、妮妮拉。这是个温馨的游戏，她用力亲吻娃娃的脸颊，嘴里呼出气，像是在给塑料娃娃充气，她微微颤动，竭尽全力对娃娃表达爱意。她亲吻娃娃赤裸的胸膛、后背、肚子，亲了个遍，她张着嘴，像要把娃娃吃下去。

我移开目光，觉得不应该看小孩子的游戏，但我的目光还是回到了她身上。娜尼是个又丑又旧的娃娃，脸上、身上有圆珠笔印迹，却散发出一种生命力，现在，她越来越热情地亲吻着埃莱娜，她在埃莱娜脸颊上亲了几下，塑料嘴唇贴着女孩的嘴唇，亲吻着埃莱娜瘦弱的胸膛、微微鼓起的小肚子，头靠在绿色的泳衣上。小女孩察觉到我在看她，对我笑了笑，眼睛很没神。她把娃娃放在两腿间，用两只手紧紧摁着娃娃的头，好像在挑衅。小孩子就喜欢这样玩游戏，大家都知道，之后都会忘记这事儿。太阳很火辣，一丝风也没有，我流了很多汗。地平线上升起了一道灰色的薄雾，我站起身来，打算去游泳。

星期天，海里人很多，我懒洋洋地泡在海水里，看见尼娜和她丈夫仍在争论。她在抗议着什么，丈夫在听，后来男人似乎厌倦了，不想再聊了，他不慌不忙，但很果断地说了几句话。我想，他一定很爱她。他从尼娜身边走开了，去和前天乘小汽艇来的那些人谈了谈，很显然，他们就是尼娜和丈夫争论的原因。经验告诉我，事情总是这样：一开始，亲朋好友聚在一起，大家都相亲相爱；但人多就容易引发争吵，勾起旧怨。尼娜再也受不了那些客人了，所以要丈夫把他们打发走。过了一会儿，那些看起来像暴发户的男男女女、肥胖的小孩，依次离开了他们占据的遮阳伞，把东西装上小汽艇。尼娜的丈夫帮他们搬东西，或许是为了让他们尽快离开。他们离开时，像来时那样大家亲吻、拥抱，但没人去和尼娜道别。尼娜低着头，沿着海岸越走越远，好像不愿再多看他们一眼。

我在海里一直游，想远离星期天拥挤的人群。海水让我的后背活动开了，伤口不疼了，或许是我觉得不疼了。我在水里泡了很久，一直到手指肚泡得皱巴巴的，冷得发抖才上岸。以前我母亲看到我冻成这样，会一边把我从水里拉出来，一边责备我。如果她看到我牙齿打颤，会更生气，会用力拽我，用浴巾将我从头到脚包住，使劲给我擦干。她的动作很粗暴，不知道是真担心我生病，还是在发泄她的积怨，她擦得很用力，像在扒皮。

我将浴巾直接铺在炽热的沙子上，躺了下来。我的身体在海水里变得冰凉，躺在热乎乎的沙子上特别舒服。我看向埃莱娜之前待过的地方，只剩娃娃在那里，但她的姿势很痛苦，张着双臂，双腿叉开，仰躺着，半个脑袋埋在沙子里。我能看到她的鼻子、眼睛、半个脑袋。我暖和过来了，加上昨晚没睡好，我在沙滩上睡着了。

10

———————

　　我睡了一分钟，或者十分钟，醒来后我有些晕晕乎乎地爬了起来。天很热，天空发白，一丝风也没有，人越来越多，四周很嘈杂，充斥着音乐和人声。在星期天拥挤的人群中，我就像受到一种神秘的召唤，第一个映入我眼帘的人是尼娜。

　　她好像遇到了什么麻烦，她在遮阳伞间走动，动作很慢，神情犹豫，嘴里念叨着什么。她把头转向一侧，又忽然转向另一侧，像受惊的鸟儿。不知道她在念叨着什么，我所在的位置听不见，她朝丈夫跑去，那个男人正躺在遮阳伞下的躺椅上。

　　男人马上站了起来，四处张望。那位看起来神情凶恶的老人抓住男人的一只胳膊，他挣脱开，罗莎莉娅来到了男人身边，家族里的男女老少开始左顾右盼，仿佛要统一行动，他们分散开来，四处寻找。

他们呼唤起小女孩的名字：埃莱娜、莱努奇亚、莱娜。罗莎莉娅碎步朝海边走去，步子迈得很快，就像急着下水游泳。我看着尼娜，她像只无头苍蝇，摸了摸额头，先往右走，突然又转身向左走去。就像体内深处有个东西，在吸走她脸上的生气，她的皮肤变得蜡黄，眼睛转来转去，神色焦虑，像是疯了一般。她找不到女儿了，她把女儿弄丢了。

　　以我在这方面的经验，我想孩子会找到的。我母亲说，我小时候总是走丢，一不留神我就不见了，她会跑到浴场办公室，请工作人员用喇叭描述我的外貌特征，叫什么名字等，她会在收银台等我。我不记得自己走丢的经过，记得的是别的事：我担心母亲走丢了，我总是很焦急，害怕再也找不到她了。然而我清楚记得比安卡走丢的那次，我像此时的尼娜一样，在沙滩上跑来跑去，怀里抱着不停哭闹的玛尔塔。我不知道该怎么办，一个人带着两个孩子，丈夫在国外，我谁也不认识。孩子的确会让人特别操心。我记得很清楚，当时我四处寻找，但没有看向大海那边，我没有那个勇气。

　　我意识到，尼娜也一样，她四处寻找，但一直背对大海，满脸绝望。我突然很受触动，有些想哭。从那刻起，我再也无法置身事外。沙滩上的人没注意到：这些那不勒斯人正在疯狂寻找一个小女孩，这简直让人无法忍受。人们都在兴高采烈地玩，那些那不勒斯人却表情凝重，那种反差简直无法用画笔来捕捉。那些那不勒斯人之前看起来那么自在、蛮横霸道，现在我觉得他们很脆弱。我很佩服罗莎莉娅，只有她的目光在海面上搜寻。她挺着大肚子，走在水边，步子小而快。我站起身，来到尼娜身边，碰了碰她的手臂。她突然转过身，动作像蛇一般，大喊着说："你找到她了！"她没对我用"您"，就像我们俩很熟悉，尽管我们一句话也没说过。

"会找到的，"我对她说，"她戴着你的帽子，很容易看到。"

她有些犹豫地看着我，点了点头，朝丈夫消失的方向跑去。她奔跑的样子像个年轻的运动员，正在参加一场决定命运的比赛。

我朝相反的方向走去，沿着靠海的第一排遮阳伞，走得很慢。我觉得自己就像是走丢的埃莱娜，或者比安卡，或许是我小时候的自己，从遗忘的过去走了出来。在沙滩上的人群中，一个走丢了的小女孩，看到眼前的一切都没有改变，却什么都不认得了。她需要一个参照、某个东西能帮她辨认出度假的人、太阳伞。她真切地感受到自己所处的位子，却不知道自己在哪里。她四处张望，眼里满是恐惧，她看到大海、沙滩、人群，卖新鲜椰子的小贩就和以前一样。然而所有人、所有东西都让她感到陌生，她哭了起来。陌生人问她怎么了，为什么哭，她不会说自己迷路了，而会说找不到妈妈了。当人们找到比安卡，把她带回我身边时，比安卡在哭，我也哭了，喜极而泣。终于松了口气，但我也很生气，对着她大喊大叫，就像我母亲那样，因为沉重的责任，也因为让人窒息的关系。我用空着的手，用力拉扯着大女儿，喊道："看我怎么跟你算账，比安卡，回家等着瞧！你再也不能离开我半步，再也不能这样。"

我走了一会儿，在孩子中间寻找着埃莱娜，他们有的独自待着，有的成群结伴，有的被大人抱着。我心里很乱，有些想吐，但还能集中注意力，最后我终于看到了那顶草帽，我的心扑通地跳着。从远处看，那顶草帽就像被人遗弃在了沙滩上，而草帽下正是埃莱娜。她坐在离大海一米多远的地方，人们从她身边经过，没人注意她，她在默默哭泣，泪水缓缓流下来。埃莱娜没有说，她找不到妈妈了，她很绝望地对我说，她把娃娃弄丢了。

我把埃莱娜抱在怀里，快步回到浴场。我遇到了罗莎莉娅，她激动地从我手中夺过埃莱娜，非常开心，她大喊起来，一边向她弟媳招手。尼娜看到了我们，看到了她女儿，迅速跑了过来。她丈夫也跑了过来，家里的所有人都从沙丘、浴场、岸边跑了过来。大家庭里的每个人都想亲吻、拥抱、抚摸埃莱娜。虽然孩子一直在哭，每个人都好像躲过了一劫，大家心满意足。

我走开了，回到遮阳伞下，开始收拾自己的东西，尽管还不到下午两点。埃莱娜一直在哭，这让我受不了。我看到大伙在为她高兴，几个女人从尼娜手里接过她，轮流抱她、安抚她，但没用，她哭得停不下来。

尼娜朝我走来，很快罗莎莉娅也来了，她似乎很骄傲，因为她是第一个和我打交道的人，而这次在找孩子的过程中，我起到了决定性作用。

"我想感谢您。"尼娜说。

"您吓了一大跳吧。"

"我快吓死了。"

"大约二十年前，也是八月的一个星期天，我女儿走丢了。那时我什么都看不到，焦虑蒙蔽了我的双眼，在这种情况下，旁观者更清醒。"

"今天多亏了您，"罗莎莉娅说，"世道不好，会发生很多可怕的事。"很显然，她的目光落在了我的背上，我听见她用惊恐的声音大喊道："天啊，您后背怎么了，发生了什么事？"

"在松林里走路，松果砸的。"

"真是有些严重，您什么都没擦吗？"

她想去拿她的药膏，说药效神奇。尼娜和我单独待着，小女孩的哭闹声不断传来。

"她安静不下来。"我说。

尼娜笑了笑。

"真是糟糕的一天，我们找到了她，却丢了娃娃。"

"会找到娃娃的。"

"当然了，找不到可怎么办，埃莱娜会生病的。"

我的背部忽然感到一股凉意，罗莎莉娅悄无声息地走到我身后，给我涂抹药膏。

"您感觉怎么样？"

"很好，谢谢。"

她继续涂抹着，动作娴熟、轻柔。等她涂完，我把衣服穿在泳衣外，拿起了包。

"明天见。"我说，着急离开。

"到了今晚，您就好了。"

"谢谢。"

我又看了一眼埃莱娜，她在父亲怀中挣扎、扭动，一会儿呼喊她母亲，一会儿呼唤着娃娃。

"我们走吧，"罗莎莉娅对尼娜说，"去找找娃娃吧，我再也受不了埃莱娜的哭叫了。"

尼娜对我打了个招呼，朝女儿跑去。罗莎莉娅开始四处询问，问海滩上的孩子和父母有没有看到那个娃娃，她没经过允许，就在人家遮阳伞下成堆的玩具中翻找。

我爬上沙丘，走进松林，我似乎依然能听见小女孩的哭闹声。我很心慌，把手放在胸口，想让心跳缓和下来，是我拿走了娃娃，它就在我包里。

11

————————

我开车回住的地方，心情渐渐平复下来。我发现，我不记得自己具体是什么时候拿走了娃娃。我觉得这个行为很可笑，毫无意义。我有些害怕，感觉也很有趣：我居然能做出这种事来。

我一定是像小时候那样，忽然感到一阵恻隐之心，没有什么明显的原因，我对人、动物、植物、东西产生了怜悯。我喜欢这个解释，这似乎出自我内心很高尚的东西。我想，这是一种不假思索想要去救助别人的行为。妮娜、娜尼、妮妮拉，管她叫什么名字。我看到她被遗弃在沙子里，姿势歪歪扭扭，半张脸埋进沙里，好像快窒息了，我把她扯了出来。这个行为没什么特别的，有些幼稚，好像人永远也长不大。我决定第二天就把她还回去，我会早早来到沙滩，把她埋在埃莱娜弄丢她的位置，这样一来埃莱娜就能自己找到她。我会和埃莱娜玩一会，对她说："快看，在这里有什么，我们把她挖出来。"我这样想着，心里很满意。

回到家后，我把泳衣、浴巾、防晒霜从包里倒了出来，把娃娃留在了包底，确保明天不会忘了她。我洗了澡，把泳衣洗干净晾在外面。我还做了一份沙拉，在阳台上一边吃一边眺望大海，熔岩形成的礁石上涌出许多泡沫，一片片乌云慢慢飘离地平线。我突然觉得自己做了件很糟糕的事，我是无心的，但很糟糕，就像睡着后做出来的事，在床上翻了个身，却打翻了床头柜上的灯。我想，这不是出于怜悯心，不是因为我很高尚。我觉得自己像雨后树叶上的一滴水珠，显然受到无法避免的力量的驱使，我试着给自己找理由，但没有理由。我心里很乱，几个月轻松的日子或许已经过完了，我害怕再次陷入凌乱的思绪中，脑海里不断浮现各种画面。大海渐渐变成一条紫色的丝带，起风了，天气真是多变，气温骤降。埃莱娜或许还在沙滩上哭，尼娜很绝望，罗莎莉娅在沙滩上一寸寸地翻找着，一大家人或许还和其他度假的人吵架了。一张餐巾纸飞走了，我收拾好餐具，这么多个月以来，我第一次感到孤独。我眺望远方，海面上天空阴沉，大雨如瀑布般从乌云中倾泻而下。

不到几分钟，风吹得更猛了，发出长长的呼啸声，掠过建筑物，将灰尘、干树叶、昆虫尸体吹进家里。我关上阳台的门，拿起包坐在玻璃窗前的小沙发上。我也不知道自己要做什么，我把娃娃拿了出来，在手里翻转，感觉有些不安。娃娃没有穿衣服，不知道埃莱娜把衣服丢哪儿了，她比我预想的重，肚子里肯定有水。她的头顶长着几撮金色的头发，胖乎乎的脸颊，蓝眼睛看起来很傻，小嘴巴中间有个深色小孔。她上身很长，肚子滚圆，腿又短又粗，两腿间有条线，一直延伸到胖嘟嘟的臀部之间。

我想打扮一下娃娃，为她买几件衣服，给埃莱娜一个惊喜，算是补偿。对于小女孩来说，娃娃意味着什么呢？我曾经有个娃娃，她有一头漂亮的鬈发，我很珍惜她，从没弄丢过。她叫"咪娜"，我母亲说，这名字是我起的，取自"妈咪"的尾音。小妈咪、妈咪娜、咪娜，我突然想到，这些词是用来称呼娃娃的，只不过现在大家都不这么叫了。我会和咪娜做游戏，我母亲总是不太情愿让我玩一些和她身体有关的游戏，她很快就会失去耐性，她不喜欢扮演娃娃，会笑着推脱，还会生气。我给她梳头、系上小丝带、洗脸、清理耳朵、脱衣服、穿衣服，这会让她很恼火。

但我不会恼火。小时候，我不能摆弄母亲的头发、脸颊、身体，这让我很难过，长大后我牢记着那种感觉，因此在比安卡生命的最初几年，我耐心地扮演着她的娃娃。她把我拉到厨房的桌子下面，那是我们的帐篷，她让我躺下。那时我很疲惫，我记得，玛尔塔整夜不睡觉，只在白天睡一会儿，比安卡总是围在我身旁，对我充满期待。她不愿意去托儿所，我把她送到托儿所的那几次，她还生病了，让我的处境更加艰难。总之，我尽量保持心平气和，想当个好妈妈。我躺在地板上，让比安卡给我检查，就好像我生病了，比安卡喂我吃药，给我刷牙、梳头。有时我会睡着，比安卡还很小，不会用梳子，她拉扯我的头发时，我会惊醒，疼得眼泪在眼睛里打转。

那些年我真的很沮丧，我没法再学习，和女儿玩耍时，感受不到丝毫乐趣。我觉得自己躯体里没有灵魂，再也没有欲望。玛尔塔在另一个房间里哭闹，我仿佛得到了解脱，我站起身，有些粗暴地终止了比安卡的游戏。我觉得自己没有错，不是我想逃避，是二女儿把我从大女儿身边抢走了。"我得去看看玛尔塔，很快回来，你等一会。"比安卡哭了起来。

我觉得自己不是个称职的母亲，就是在类似这样的时刻，我决定把咪娜送给比安卡。当时我觉得这是个好办法，可以平息她对妹妹的嫉妒。我从衣柜上面的纸箱里翻找出那个旧娃娃，对比安卡说："你看，她叫咪娜，是妈妈小时候的娃娃，现在我把她送给你。"我以为比安卡会很爱她，一定会像过家家时照顾我一样，照顾咪娜。但她很快就把咪娜丢在一旁，她不喜欢咪娜，更喜欢一个破布做的丑娃娃，那个娃娃头发是黄毛线做的，不知道是她父亲从哪里出差给她带回来的礼物。我对此很难过。

有一天，比安卡在阳台上玩耍，她很喜欢那个地方。刚开春，我就让她待在阳台上，我没时间带她出去，但想让她晒晒太阳，呼吸新鲜空气。尽管街上会传来车辆的噪声，还会飘来很重的尾气味。我已经好几个月没看书了，身心疲惫，很易怒，睡眠严重不足，钱也总是不够用。我发现，比安卡坐在咪娜身上，好像娃娃是个坐垫，她正在玩自己的丑娃娃。我叫她马上站起来，她不应该这样对待我小时候的宝贝，她真是太坏了，太没有良心了。我真的对她说了"没有良心"这句话，当时我大喊大叫，我记得自己大喊，说我错了，真不该把咪娜送给她，那是我的娃娃，我要收回来。

在家里，大人私下会对孩子做很多事，说很多话。那时比安卡的性格就已经很冷酷了，她一直都是这样抑制情感，咽下焦虑。她坐在咪娜身上说："不，这是我的娃娃。"她吐字清晰，现在在表达自己的意愿时，她也会这样说话，就好像那是她的最后通牒。我狠狠推了她一把，她只是个三岁的孩子，但我觉得她比我更强大。我从她手中夺过咪娜，她眼里终于满是惊恐。我发现，她把咪娜的衣服都脱了下来，包括小鞋子、袜子，用记号笔把咪娜全身画得很脏。还是可以补救，但当时我觉得，已经没法挽回了，那些年里，所有一切在我眼中都无法挽回，包括我自己。我把咪娜向栏杆外扔了出去。

我看到咪娜飞向沥青路面，感觉到一种无情的快感。她迅速坠下楼去时，我觉得那像个肮脏的东西。我倚在栏杆上，看着来往的车辆从她身上开过，将她碾碎，我不知道自己在那里待了多久。我发觉比安卡也在看，她跪在地上，额头靠在阳台的栏杆上。我把她抱了起来，她乖乖地让我抱。我把她紧紧抱在怀中，亲吻了很久，像要重新把她融进我的身体中去。她说："你弄疼我了，妈妈，你把我弄疼了。"我把埃莱娜的娃娃放在沙发上，让她肚子朝上，仰躺着。

猛烈的暴风雨在迅速移动，从海上转移到了陆地上，接二连三的闪电晃得人眼花，雷声听起来就像装满炸药的汽车爆炸了。在雨水飘进来之前，我急忙跑进卧室，关上窗户，打开床头柜上的灯。我躺在床上，把几个枕头放在床头，靠在那里读起书来，我在书页上写满笔记，觉得自己头脑敏捷。

读书、写作，一直以来都是我让自己平静下来的方式。

12

────────────

一道微红的光把我从工作拉回现实，天不下雨了。我花了点时间化妆，精心搭配好衣服，希望自己看起来是个体面整洁、无可挑剔的女人，我出门了。

比起星期六，星期天的人少些，没那么嘈杂，周末涌来的人流渐渐散去。我沿着海滨路散了会儿步，向饭馆走去，那是一家位于室内市场的餐厅。我遇到了吉诺，他穿着我在沙滩上常看到的工作服，或许刚从沙滩回来。他带着敬意和我打了个招呼，想匆匆走过去，但我停下了脚步，他也不得不停了下来。

我想和人聊聊，听听自己的声音，通过另一个人的在场，控制自己的声音。我提到了昨天的暴风雨，问他后来沙滩上发生了什么。他说刮起一阵大风，暴风雨大作，很多遮阳伞被刮走了。人们跑到浴场的屋檐下、水吧里避雨，但实在太拥挤了，大部分人都散了，沙滩上空荡荡的。

"幸亏您早早离开了。"

"我喜欢暴雨。"

"书和笔记本会淋湿的。"

"你的书打湿了吗？"

"有点儿。"

"你在学什么？"

"法律。"

"还差多少门毕业？"

"还差很多，我浪费了很多时间。您是在大学教书吗？"

"是的。"

"您教什么？"

"英语文学。"

"我看到您会说很多语言。"

我笑了。

"其实都说得不好，我也浪费了很多时间。在大学里，我每天得工作十二个小时，给所有人服务。"

我们散了会儿步，我放松下来，为了不让吉诺窘迫，我有一句没一句地和他聊着天。这时，我用旁人的眼光看着自己：我是个穿着考究的太太，而吉诺穿着短裤、背心、沙滩拖鞋，浑身都是沙子。我觉得这个情景很好玩，也有些得意，如果比安卡和玛尔塔看到现在的我，肯定会为这事笑话我很多年。

吉诺一定和她们差不多大：身体消瘦，有点儿神经质，像个需要照顾的儿子。我青春期阶段，很喜欢这种类型的男孩：瘦高、皮肤黝黑，就像玛尔塔交的那些男朋友。一点儿不像比安卡的男朋友：他们个子小小的、金发、有点矮胖，总是比她大一点，蓝色的眼睛，血管很明显。我女儿最初交往的那些男朋友，我都很喜欢，对他们特别好，以此鼓励他们。我想感谢他们，或许是因为他们认可了我女儿的美丽，还有她们的品质，让她们摆脱焦虑，不再认为自己很丑、没有魅力。或者说我想鼓励他们，因为他们也将我从糟糕的心情中解救出来，让我不再面对她们的矛盾、抱怨，需要不停安慰她们。"我很丑、很胖。""我在你们这个年纪，也觉得自己又丑又胖。""不，你不丑、不胖，你很漂亮。""你们也很漂亮，你们没注意到别人在怎么看你们。""他们看的不是我们，是你。"

男人充满欲望的目光是望向谁的呢？比安卡十五岁、玛尔塔十三岁时，我还不到四十岁。两个小女孩的身体几乎同时发育成熟，曲线变得柔软。有一阵子，我一直以为路上的男人是在看我，这是二十五年来，我已经习惯去接受和忍耐的事。但后来我发现，他们贪婪的目光掠过我，最后会落到我女儿身上。这让我很警惕，也很高兴，我伤感地自嘲道：我的花季正在结束。

总之，我开始更关注自己的身体，像要挽留住已经习惯的身体，阻止它老去。当两个女儿的朋友来家里时，我会打扮自己，接待他们。我们见面的时间很短，只是在进门和离开时，他们会窘迫地和我打招呼，但我还是很在意自己的外表和举止。比安卡会马上把朋友带进自己的房间，妹妹玛尔塔也一样，留我一个人在客厅。我希望两个女儿有人爱，无法忍受事情不是这样，我害怕她们会不幸福。她们身上散发着强烈、贪婪的肉欲气息，我觉得，她们身上散发的魅力是从我的身体中抽取的。因此当她们笑着告诉我，那些男孩觉得我是位年轻、有魅力的母亲，我很高兴。有那么几分钟，我会觉得，我们仨达到了一种令人愉悦的和谐。

有那么一次，我在款待比安卡的一个男朋友时，态度可能过于轻浮。那是个十五岁的男孩，斜着眼睛看人，几乎不说话，看起来脏兮兮的，像是很遭罪。等他走后，我叫来女儿，比安卡先进到我房里，玛尔塔也好奇地跟着进来了：

"你朋友喜欢我做的甜点吗？"

"喜欢。"

"我本来要放巧克力的，但没来得及，下次再说吧。"

"他说，下次你能不能给他吹喇叭。"

"比安卡，你在说什么？"

"他就是这样说的。"

"他怎么能这样说。"

"他就是这样说的。"

我慢慢地退缩了，提醒自己，只有她们希望我在场时，我才出现，只有她们想让我说话时，我才说话。她们需要我的，我会给她们，但我想从她们身上得到什么呢，我从没弄明白，到现在也不知道。

　　我看着吉诺，心想我要问问他，愿不愿意和我一起吃晚餐。我又想，他会编个借口，对我说声抱歉，那就算了。但他只是羞怯地说：

　　"我得去洗个澡，换身衣服。"

　　"这样也没关系。"

　　"我也没带钱包。"

　　"是我在邀请你。"

　　吃晚饭的过程中，吉诺一直在没话找话，尽量逗我笑，但我们之间的共同话题太少了，可以说几乎没有。他知道自己应该在进食间隙和我说话，避免长时间沉默。他尽力了，他像一只迷路的小动物，试了一条又一条路。

　　关于自己，他几乎没说什么，尽量让我说话。但他的问题干巴巴的，我从他的眼神中读出，他对我的回答并不是真的感兴趣。尽管我尽力配合他，但无法避免地，我们还是很快就没话题了。

　　一开始，他问我在研究什么，我回答说，我在准备下学期的课程。

　　"关于什么的？"

"《奥利维亚》。[①]"

"那是什么？"

"是个故事。"

"很长吗？"

他喜欢简洁的考试，特别讨厌那些要求高的教授，他们会让你看很多书，就是为了让你觉得他们的考试很重要。他嘴巴很大，一口白得耀眼的牙齿，眼睛很小，像两条缝，他边说边笑，手势很多。他对《奥利维亚》一无所知，不了解我所热爱的东西。我两个女儿也这样，在成长的过程中，她们小心翼翼地避开我热爱的东西，学了理科，专业是物理，就和她们父亲一样。

我聊了聊我的俩女儿，说了她们许多好话，但用了调侃的语气。最后我们慢慢聊到少有的共同话题上来了：沙滩、海滨浴场、他的老板、度假的人。吉诺和我说，几乎所有外国人都很有礼貌，但很多意大利游客都傲慢霸道。他用愉快的语气，提到那些在遮阳伞间兜售货物的非洲人和东方姑娘。但当他开始谈论尼娜和她的家人时，我才明白，我在那间餐厅里，和他一起正是为了这一刻。

他说起了那个娃娃，还有小女孩有多绝望。

"暴风雨后，我到处查看，一小时前我还在沙滩上找那个

---

① 英国女作家多萝西·布西（Dorothy Bussy）的一部作品。

娃娃，但没找到。"

"会冒出来的。"

"希望如此，尤其是为了小女孩的母亲，女儿很生她的气，就像这是她的错。"

他提到了尼娜，言语间满是赞赏。

"从女儿出生开始，尼娜就来这里度假了。她丈夫在沙丘上租了一栋别墅，在沙滩上看不到，别墅在松林里，是个很漂亮的地方。"

吉诺说，尼娜真是一个好姑娘，她读过高中，还上过一阵子大学。

"她很漂亮。"我说。

"是的，她很美。"

吉诺和她聊过几次，我得知，尼娜说她想重新开始学习。

"她只比我大一岁。"

"二十五岁？"

"她二十三岁，我二十二岁。"

"和我女儿玛尔塔一样大。"

他沉默了一会，眼神有些黯淡，这让他不再那么赏心悦目。他突然说：

"您见过她丈夫吗？您会让女儿嫁给那样的人吗？"

我用调侃的语气问：

"他有什么不好的？"

他摇了摇头，严肃地说：

"所有一切。他、他的朋友和亲戚，还有他姐姐，真让人无法忍受。"

"罗莎莉娅吗，就是那位怀孕的太太？"

"那也能称之为'太太'？算了吧。昨天您没给他们腾地方，我很佩服您，但以后别再那样做了。"

"为什么？"

男孩耸耸肩，不高兴地摇了摇头。

"他们不是好人。"

13

————

    大概在半夜时，我回到公寓。我们最后找到了彼此都感兴趣的话题，时间过得很快。吉诺告诉我，那位头发花白、身材高大的女人是尼娜的母亲。我还了解到，那位神情凶恶的老头叫科拉多，不是尼娜的父亲，而是罗莎莉娅的丈夫。我们就像在讨论一部看过的电影，但还没搞清楚人物间的关系，有时甚至连名字也叫不出。道别时，我觉得对那家人稍微了解了些。只是我对尼娜的丈夫知道得很少，几乎一无所知。吉诺说，他叫托尼，一般星期六来，星期一早上离开。我明白吉诺很讨厌他，不愿谈论他，我对那个男人也没什么好奇心。

    吉诺很得体地等着我关上身后的大门，顺着昏暗的楼梯爬上四楼后才离开。他说那些人很坏，但他们能把我怎么样呢？我进了屋，打开灯，看到了仰躺在沙发上的娃娃，她手臂伸向天花板，腿张开着，脸朝着我。那些那不勒斯人为了找到娃娃，把沙滩翻了个底朝天，还有吉诺，一直用耙子在沙子里翻找。我在家里转悠，只听见厨房里的冰箱发出嗡嗡声，整个小镇也好像安静下来了。我看着浴室镜，发现自己眼睛很肿，脸也紧绷着。我换了件干净T恤，准备上床睡觉，尽管我毫无睡意。

我和吉诺度过了愉快的夜晚，但我感觉有些东西让我很不悦。我敞开阳台门，海上吹来凉爽的风，夜空中没有星星。我觉得吉诺喜欢尼娜，不需要细想就能明白。这件事没让我感动、觉得有趣，而是让我不悦，我的不快甚至波及尼娜，就好像她每天出现在沙滩上，吸引了吉诺，也夺走了我什么东西。

我把娃娃拿开，自己躺在沙发上。我像往常一样想，如果吉诺认识了比安卡和玛尔塔，他会更喜欢谁。从女儿进入青春期起，我就特别喜欢把她们同大家公认的漂亮女孩相比，可能是她们的同龄人、密友、女同学。我暗地里觉得，这些女孩是她们的竞争对手，就好像她们漂亮、大方、聪明、充满魅力、闪闪发光，夺走了属于我女儿的某些东西，在某种程度上也夺走了我的某些东西。我克制自己，用慈爱的语气说话，但心里默默告诉自己，她们都不如我女儿漂亮，就算她们很漂亮，也是徒有其表，令人讨厌。我会列举出她们任性、愚蠢的地方，还有她们正在发育的身体的缺陷。有几次，我看到比安卡和玛尔塔不开心，因为她们觉得自己黯淡无光，我忍不住无情地指责起她们那些特别外向、会撒娇、讨人喜欢的朋友。

玛尔塔大约十四岁时有个名叫弗洛琳达的女同学。尽管她和玛尔塔同龄，但有些早熟，已经出落成了大姑娘，非常漂亮。在我眼中，她的一言一颦都让我女儿黯淡无光，一想到她俩一起去上学、聚会、度假，就让我很痛苦。我确信，只要玛尔塔和她在一起，就会一直被生活遗忘。

但玛尔塔非常珍视她和弗洛琳达的友谊，她深受那女孩的吸引。我觉得将她俩分开很艰难，也有风险。有段时间，因为那种昭然的羞辱，我试着安慰玛尔塔，总是说得泛泛，从没提过弗洛琳达的名字。我不断地告诉她："玛尔塔，你多漂亮、多可爱呀，眼神伶俐，长得很像你外婆，她很美。"但这些话没用，她觉得自己不仅比不上朋友，也不如姐姐，没有任何女孩有魅力，听了我的话，她更沮丧了。她说，我这样说是因为我是她母亲。有几次，她嘀咕说："我不想听你说这些了，妈妈，你看不到我是什么样的，别管我了，操心你自己的事儿吧。"

那时我因为情绪紧张一直胃疼，很内疚。我觉得，两个女儿所有的痛苦，都是由于我不够爱她们造成的，这得到了证实。因此我一直揪着这个问题不放，我对她说："你真的长得很像外婆。"我用自己举例说："我和你一样大时，也觉得自己很丑。我心想，我母亲很漂亮，但我很丑。"玛尔塔表现得更不耐烦了，她想让我明白，我应该马上闭嘴。

事情就是这样，我在安慰玛尔塔时，自己却更沮丧了。我心想，不知道美貌是怎么继承的呢？我记得很清楚，我在玛尔塔这个年纪时，深信母亲生我时一定是通过一个厌恶的动作把我推开，就像推开眼前的盘子。我怀疑她在怀上我时，就已经开始逃避我了，尽管在我成长的过程中，大家都说我和她很像。我们是有相似之处，但我觉得还是母亲更好看，就算有男人喜欢我，我发现内心也无法获得安宁。我母亲释放着一种很有感染力的热度，而我觉得自己冷冰冰的，好像血管是金属的。我想像她一样，不光是镜中或照片上的静态模样，而是像她那样，无论在街道上、商店里，还是在地铁、缆车上，在外人的眼里，都散发出来的那种气场，但没有任何复制工具，能捕捉到那种与生俱来的气质，即便肚子里的孩子，也无法准确复制这一点。

　　但弗洛琳达拥有这种气质。一天下午，她和玛尔塔从学校回来，外面下着雨。我看到她俩脚上穿着笨重的鞋子，走过走廊和客厅，弄得地板上都是泥点和水渍，她们却不在意。她们俩去厨房拿了饼干，开玩笑争抢着吃，她们吃着饼干，弄得家里到处都是饼干屑。那个光艳照人的少女那么自在，让我内心升起了一种无法抑制的厌恶。我对她说："弗洛琳达，你在自己家也会这样吗？亲爱的，你以为自己是谁？你现在得给我打扫，弄干净整个屋子后才能离开。"弗洛琳达以为我在开玩笑，但我拿来了扫帚、水桶和抹布。我的表情肯定很可怕，她小声嘟哝说："玛尔塔也有责任。"玛尔塔也说："是呀，妈妈。"但我肯定说了很严厉的话，态度坚决，不容争辩，她俩立刻闭嘴了。弗洛琳达吓坏了，仔细清理起地板来。

我女儿在一旁看着，之后几天里，她把自己关在房间里，没和我说话。玛尔塔和比安卡不同，性格很软弱，只要语气一变，她很快就会屈服，只会逃避，不知道反抗。弗洛琳达慢慢淡出了她的生活，我时不时会问玛尔塔，她朋友怎么样了，她会随便嘟哝几句，或者耸耸肩。

但我还是很焦虑，两个女儿不注意时，我会观察着她们，内心会产生一种复杂的情感。有时候觉得她们可爱，有时让人讨厌。有时我觉得比安卡令人讨厌，这让我很难受，后来我发现她很受欢迎。比安卡有许多朋友，男女都有，我觉得只有我——她母亲觉得她讨厌，对此我很内疚。我不喜欢她轻蔑地笑，不喜欢她争强好胜，总是想得到更多，比如说在吃饭时，她会比其他人占更多吃的，不是为了吃下去，而是为了确保不错过任何东西，不被忽视或愚弄。我不喜欢她明知犯了错却很固执，沉默不语，不肯认错。

我丈夫说："你也是这样。"或许他说得对，比安卡让我讨厌的地方，只是侧面反映出我讨厌自己的地方。或许并不是这样，事情没这么简单，一切都很混乱，并且当我在两个女儿身上发现了属于我的品质时，总会觉得有些不对劲。我觉得她们不会好好利用这些品质，这是我身上最好的部分，遗传到她们身上却变得别扭，变成了滑稽模仿，这让我很生气，觉得羞耻。

其实仔细想想，我很爱两个女儿身上那些陌生的部分。我感觉，我更喜欢她们身上来自父亲的特征，虽然我们的婚姻很激烈地结束了。或许那些特征来自我们的祖先，但我对他们一无所知，又或许那是身体结合后偶然造出的东西。总之，我越靠近她们，越觉得她们的身体和我无关，我不用承担责任。

但这种陌生的亲密很罕见。她们的不安、痛苦、矛盾一直在往外冒，我心里很苦涩，觉得这是我的错。在某种意义上，我一直是她们痛苦的源头，也是发泄口。她们会对我进行无声的控诉，或大喊大叫。她们不仅对那些和我显然相像的地方的糟糕分配感到不满，也对那些隐蔽的、后来才能察觉到的相似之处感到气愤。比如说身体散发的气息，像一杯烈酒，那些让人眩晕的东西，比如声音里一些很难觉察到的调子、一个小小的动作、眨眼的方式、微笑的表情、走路的步伐、微微向左倾的肩膀、手臂优美的摆动弧度。这些微小的举动，以某种方式不经意地结合在一起，让比安卡变得迷人，而玛尔塔没有，或者让玛尔塔变得迷人的东西，比安卡没有。那些遗传的东西会让她们骄傲，或者痛苦，会引发仇恨，因为母亲的力量似乎总是分配不均，从她们还在肚子里时就已经开始了。

在两个女儿看来，她们还在我肚子里时，我就很残酷：把一个当作亲生女儿，另一个像是继女。我给了比安卡丰满的胸部，却让玛尔塔胸脯平平，像个男孩。玛尔塔不知道，自己这样其实也很美，她穿着加衬垫的胸罩，这是让她感到羞耻的伎俩，看着她痛苦，我也痛苦。我年轻时胸部丰满，玛尔塔出生后，我的胸部就瘪了。玛尔塔总是说："你把最好的给了比安卡，把最差的给了我。"她就是这样，觉得自己受了骗，这是她捍卫自己的方式。

比安卡的性格不是这样，她从小就习惯和我作对。我在做事时，她会试图发现其中的奥妙，她会用眼睛捕捉那些她觉得很奇妙的东西，试图给我展示出她也可以做到。比安卡告诉我，她发现，我用水果刀削水果时动作小心翼翼，很精准，不会弄断果皮。在她赞赏我的这项技能之前，我从没意识到这一点，不知道是跟谁学的，或许，这仅仅是我对工作的态度：很有野心、极度追求精准。"把果皮削成蛇形吧，妈妈，"比安卡常常对我说，"削个苹果，把皮削成蛇的样子吧，拜托。"最近我在墨西哥诗人玛丽亚·格拉的诗中读到这样一句话：制造流线①，我很喜欢。把果皮削成蛇的形状，让比安卡很着迷，她觉得这是我的众多魔法之一，现在想起这件事，我有些感动。

一天早上，比安卡为了展现她也能把果皮削成蛇形，把手指切出了个很深的伤口。她当时五岁，马上大哭起来，手指流着血，也流了很多眼泪，很是失望。我吓坏了，大喊大叫起

---

① 原文是西班牙语 Haciendo serpentinas。

来，说就不能让她一个人待一会儿，我从来没有自己的时间。我喘不过气来，那时我觉得背叛了自己。亲吻可以抚慰伤痛，但我拒绝亲吻她的伤口，我想教育她，她不应该削水果，这很危险，只有妈妈可以，妈妈是大人，只有妈妈可以。妈妈。

两个可怜的孩子，从我肚子里生出来，现在她们孤单地生活在世界另一头。我把娃娃放在膝盖上，就像她在陪着我。我为什么会拿走这个娃娃？她身上带着尼娜和埃莱娜之间的爱意，是她们的情感纽带。这个娃娃是明证，代表了一种平和、幸福的母女关系。我把娃娃放在胸前。我过去浪费、遗失了多少东西？那些过往又浮现出来了，让我脑子很乱，全是当时的情景。我很清楚，我不想把娜尼还回去，尽管我很内疚，把她带在身边让我有些害怕。我亲吻她的脸颊、嘴巴，紧紧抱着她，就像埃莱娜那样。娃娃发出咕噜声，像说了句充满敌意的话，吐出一口褐色唾沫，弄脏了我的嘴唇和 T 恤。

14

我在沙发上睡着了，阳台门敞开着。我很晚才醒，头昏昏沉沉，骨头像散了架。已经十点多钟了，外面下着雨，风很大，海面波涛汹涌。我起来找娃娃，但没看到，我很着急，就像夜里她从阳台跳了下去。我四处张望，在沙发下寻找，担心有人潜入家中，把她拿走了。我在厨房里找到了她，在半明半暗的光影中，她在桌上坐着，我肯定是去厨房漱口和清洗T恤时，把她放在那里了。

天气很糟糕，不能去海边。我还是下不了决心把娜尼还给埃莱娜，即使我今天想那么做，也办不到。我出门吃早餐，买报纸，还有午餐和晚餐吃的东西。

没有阳光的日子里，小镇充满了生气。度假的人在购物、闲逛，打发着时间。我在靠海的路上看到了一家玩具店，我想到了要给娃娃买些衣服，至少今天我会留着她。

我走进店里，好像纯粹是为了好玩，我和一位年轻的女店员说了几句。她很热情，帮我找到了小小的内裤、袜子、鞋子和一件蓝色的裙子，我觉得尺寸应该合适。店员把几样衣服包了起来，我把东西装进包里，要从店里出去时，差点撞上科拉多，就是那个神情凶恶的老头。我之前以为他是尼娜的父亲，但其实他是罗莎莉娅的丈夫。他衣冠周正，穿着天蓝色外套、洁白的衬衫，打着黄领带。他好像没认出我，但跟在他身后的罗莎莉娅马上认出了我。她穿着暗绿色的孕妇装，朝我喊道：

"勒达太太，您好吗？一切都好吗，药膏起作用了吗？"

我再次感谢了她，说伤口已经好了。我高兴地注意到，尼娜正往这边走来，我的心情应该说有些激动。

在沙滩上见到的人，忽然穿着城里的着装出现在你跟前，会让你感到很新奇。我感觉科拉多和罗莎莉娅像是纸板人，身体僵硬，有些变形，而尼娜像色彩柔和的贝壳，小心翼翼地将晶莹剔透的身体收在壳内。只有埃莱娜看起来很凌乱，她在妈妈的怀抱里，吮吸着大拇指，尽管穿着漂亮的白色小裙子，但看起来并不整洁。一定是刚才她吃巧克力冰淇淋时，滴了几滴在衣服上，她嘴里含着大拇指，上面也有一圈黏糊的褐色口水印。

我看着小女孩，感觉有些不安。她的头耷拉在尼娜肩膀上，流着鼻涕。我觉得包里小衣服好像变重了，我想这是个好机会，告诉她们娜尼在我这里，然而我心里被什么东西扯了一下。我假装关切地问：

"你好吗，小宝贝，找到娃娃了吗？"

埃莱娜忽然被激怒了，她把大拇指从嘴里拿出来，捏着拳头想打我。我躲开了，她很生气地把脸埋进妈妈的脖子里。

"埃莱娜，不能这样，人家问你话呢，"尼娜有些不耐烦地责备她，"告诉这位太太，我们明天就能找到娃娃，今天我们要买个更漂亮的。"

小女孩摇了摇头，罗莎莉娅咄咄逼人地说，偷娃娃的人真是不得好死。她这样说，就像肚子里的孩子也对这种冒犯感到气愤，她有权感到不满，甚至比尼娜更义愤填膺。但科拉多摇了摇头，不赞同罗莎莉娅的想法。"一定是小孩子干的，"他小声说，"他们喜欢某样玩具，就会拿走，会和父母说是偶然捡到的。"我近距离看着科拉多，觉得他一点也不老，也不像远远看起来那么凶恶。

"卡鲁诺的孩子可不是这样。"罗莎莉娅说。

"他们故意对我使坏，都是他们的母亲教的。"尼娜忍不住说，方言口音比平时更重。

"托尼打了电话，几个孩子什么都没拿。"

"卡鲁诺说谎。"

"如果真是那样，你也别说出来，"科拉多责备她说，"如果你丈夫听到你这样说，会怎么做呢？"

尼娜看着沥青路面，满脸怒容。罗莎莉娅摇了摇头，看向我，想寻求理解。

"我丈夫人太好了，您不知道，这可怜的闺女流了多少泪，还发烧了，我们被害惨了。"

我隐约觉得，他们觉得是卡鲁诺家人干的，就是坐摩托艇来的那家人。他们自然而然地认为，卡鲁诺一家想通过折磨小女孩来折腾他们。

"孩子呼吸不顺畅，宝贝儿，擤擤鼻子。"罗莎莉娅对埃莱娜说，同时做了个手势，像是在下命令，想要纸巾。我捏着手提包的拉链扣，拉开到一半突然停了下来，我害怕他们看到我买的东西，问我问题。罗莎莉娅的丈夫迅速抽出一张纸巾递给她，她给埃莱娜擦鼻子时，小女孩挣扎着，脚踢来踢去。我重新拉上拉链，确保手提包完全合上。我不安地望着女售货员，心里很害怕，我觉得自己很蠢，很生自己的气。我问尼娜：

"孩子烧得厉害吗？"

"低烧，"尼娜回答，"关系不大。"她好像要向我展示埃莱娜现在很好，挤出一个微笑，试着把女儿放在地上。

小女孩在拼命抵抗，不愿下地，紧紧抱着母亲的脖子，像是悬在空中，尖叫着，每次只要碰到地面就会蹬腿。尼娜身体前倾，保持一个很不舒服的姿势，她手抱着女儿的腰，想把她从身上拉下来，还得当心不被踢到。我觉得她在耐心、烦躁、理解和想哭之间摇摆。我在沙滩上看到的幸福安宁去哪儿了？

我知道，让外人看到自己这样的处境，会很难堪。很明显，尼娜已经安抚女儿好几个小时了，但没用，她已经筋疲力尽。她们从家里出来时，尼娜给女儿穿上漂亮的裙子和小鞋子，想掩盖她的愤怒。她自己也穿着精致的酒红色裙子，看起来光彩照人，她把头发挽起来，耳环掠过线条分明的下颌，在修长的脖颈上摆动。她想体面一点，对抗坏心情。她看着镜子，想看到在生下这个孩子前自己的样子。现在她不得不永远背负这个重担，但这有什么用呢？

我想，很快她就会叫喊，扇女儿耳光，会尝试突破羁绊。然而那种束缚变得越来越坚固，她的懊悔会让她感觉很屈辱，在公共场合表现出她不是温柔的母亲，一点儿也不像教会和宣传册子里说的。埃莱娜一边哭，一边尖叫，很烦躁地踢腾着腿，就像玩具店门口爬满了蛇。这个小人儿，像是由不可思议的活性材料做成的，她不想自己站在地上，想要黏着母亲。女儿很警惕，她知道尼娜已经厌烦了，从来小镇前精心打扮的方式，还有她年轻叛逆的气息、对美的刻意追求，女儿都能感受到这一点，因此她紧紧抱着尼娜。我想，娃娃丢了是个借口，女儿怕的是母亲逃走。

或许尼娜也意识到了这一点，或者只是受不了了。她突然用方言厉声说："别烦人了。"狠狠拉了女儿一下，把她重新抱好，"够了，我不想再听见你哭，明白吗，我再也不想听到了，不许使性子了。"尼娜用力往前扯了一下埃莱娜的衣服，盖住她的膝盖。显然尼娜本想打她，而不是整理她的衣服，但尼娜很快回过神来，脸上露出自责的神情，又说起标准的意大利语来。她有些勉强地说：

"抱歉，我真不知道该怎么办了，她一直折腾我。她父亲离开了，只能朝我发脾气。"

罗莎莉娅叹了口气，把孩子从尼娜怀中接了过来，温柔地说："来姑妈这里。"这次埃莱娜没有反抗，乖乖地听了话，还搂住了罗莎莉娅的脖子。她故意做给母亲看，或许她很确信，这个没有孩子的女人，这个怀孕的身体，会给她安全感。孩子一般都很喜欢还没出生的小生命，却不太喜欢刚出生的婴儿。姑妈这时更宽容，会把她抱在大胸脯间，让她坐在自己的肚子上，就像在安全椅里，保护她，让她躲过坏妈妈的怒火。妈妈没有看好她的娃娃，甚至弄丢了。埃莱娜表现得特别依赖罗莎莉娅，想暗地里告诉尼娜：姑妈比你好，妈妈，姑妈更好。如果你还这样对我，我会永远和姑妈在一起，再也不要你了。

"行吧。这样我就能休息一会儿了。"尼娜说，脸上有些不悦，上唇渗出一层汗。她对我说："有时真是没法子。"

"我理解。"我说，想表示对她的支持。

罗莎莉娅抱着孩子，插嘴说："这丫头真会害人啊。"她不停亲吻埃莱娜，发出很响的吧唧声，温柔地对埃莱娜说："小宝贝，小可爱，小乖乖。"她希望像我们一样，进入了母亲的行列。她已经等待太久了，早学会了扮演这个角色。尤其在我面前，罗莎莉娅想展现出她比弟妹更懂得安抚埃莱娜，就像现在，她把埃莱娜放在地上说："乖乖的，让妈妈和勒达太太看看，你多乖啊。"小女孩没说话，靠着罗莎莉娅站着，吮吸着大拇指，看起来很崩溃。罗莎莉娅满意地问我："您女儿小时候怎么样，和这个小宝贝一样吗？"我心中涌起一股强烈的冲动，想羞辱、推翻她，摆脱她。我说：

"我记不太清了。"

"不可能，怎么会忘记孩子的事？"

我沉默了片刻，平静地说：

"我离开了她们。当时大女儿六岁，小女儿四岁，我抛下了她们。"

"您说什么，那她们是和谁一起长大的？"

"和她们的父亲。"

"您再没见过她们了吗？"

"三年后，我把她们要了回来。"

"很难过吧，为什么呢？"

我摇了摇头，我不知道为什么。

"我特别累。"我说。

这时我看向尼娜，她看着我，就像从来没见过我：

"有时候，逃走是为了活下去。"

我对她微笑了一下，指着埃莱娜说：

"算了吧，什么都别给她买，没用的。娃娃会找到的，再见。"

　　我向罗莎莉娅的丈夫点了点头，他脸上似乎又浮现出那种凶狠的表情，我走出了商店。

15

我现在很生自己的气，我从没和人说起过人生中的那段时光，即使在姐妹面前也没说过，甚至在自己面前，也没有承认过。有几次，我试着跟比安卡和玛尔塔提起这件事，有时两个孩子一起，有时是单独聊。她们默默听我说，有些心不在焉，她们说什么都不记得了，就谈起其他事情来。我前夫去加拿大工作前，有时会提起这件事，发泄他的怨气和不满。但他是个聪明的男人，很敏感，他觉得不应该旧事重提，会很羞耻，也会很快改变话题。我尤其不明白，为什么我会向外人坦白自己的事？他们距离我的生活那么远，绝不可能理解当时我为什么这么做，这时他们一定在背后说我的坏话。我受不了这一点，无法原谅自己，我觉得自己彻底暴露了。

我在广场闲逛，想让心情平静下来。但我说过的话，不断在耳边回响，罗莎莉娅责备的表情和话语、尼娜闪烁的眼眸都让我无法平静，甚至更恼火。我不断告诉自己，这没什么，她俩都是无关的人，假期结束后，我不会再见到她们，但这没用。我意识到，如果说这种想法让我重新拉开和罗莎莉娅的距离，对尼娜却起不了任何作用。尼娜当时的眼神很震惊，她忽然把目光从我身上挪开了，但还在留意我：她忽然向后退缩，就像在寻找一个遥远的位置，在瞳孔深处，可以安全地注视我。尼娜迫切想和我拉开距离，这让我很受伤。

我有些厌烦地走在卖各种东西的小贩间，脑子里浮现出尼娜的影子，是这些日子里我看到她的样子。她有时候背对我站着，在充满青春气息的大腿、手臂和肩膀上涂抹防晒霜，动作很慢，很仔细。最后她转过身子，尽力把防晒霜涂在够得着的地方。有时我真想站起来，对她说，让我来帮你擦，就像我小时候想帮母亲那样，或者像以前我时常帮两个女儿抹防晒霜。我突然意识到，时间一天天过去，尽管不是有意的，但我已经从远处带着反复无常、充满矛盾的心理，把尼娜卷入了我的情绪之中，有一种说不上来的东西，但的确是我能强烈感受到的。我当时不由自主，想用生命中一段晦暗的时光回击罗莎莉娅说的那些话，让她震惊。在某种程度上来说，是为了吓唬她，我觉得她是个讨厌、阴险的女人。但实际上，我只想找个机会和尼娜一个人谈谈这些事，我会谨慎措辞，希望她能懂我。

天很快又下起雨来，我不得不到有顶棚的市场去避雨。那里充斥着很浓的鱼腥味，还有罗勒、牛至和甜椒的味道，那些湿淋淋的大人孩子笑着从我身边挤来挤去。我很不舒服，市场里的气味让我反胃，我觉得四周更热了，身体发烫，流了很多汗。外面的大雨，时不时吹进来阵阵凉风，让我身上的汗水变得冰冷，我感到一阵阵眩晕。我在门口找了处位置，人群把我挤来挤去，大家看着大雨像瀑布般倾泻而下。那些孩子尖叫着，交织的雷声和闪电让他们又兴奋又害怕。我几乎站在门槛上，想要呼吸外面的新鲜空气，尽量控制自己的情绪。

最终来说，我到底做了什么可怕的事呢？很多年前我是个迷失的年轻女人，这是事实。青春的希望似乎已经燃烧殆尽，我觉得自己在迅速倒退，回到我母亲、奶奶的处境，成为那些沉默、易怒的女人中的一员，我正是来自她们。我错失了良机，但依然野心勃勃，身体很年轻，无法平息对一个个计划的幻想。我觉得自己充满创新的欲望，我被大学的现实、复杂的人际关系排挤在外，已经没机会做出一番事业。我很愤怒，感觉我故步自封，没有机会证明自己，内心很崩溃。

那时发生了一些令人不安的小插曲，既不是平常痛苦的表现，也不是象征性的破坏行为，而是更深层的东西。现在这些事不分先后、杂乱地浮现在我脑中。比如，我回想起一个冬日午后，我在厨房里学习，那几个月我一直在写一篇文章，尽管很短，但没法收尾。我思路不是很清晰，涌现出许多的假设，我担心鼓励我写这篇文章的教授也不会愿意帮我发表，我害怕他把文章打回来。

玛尔塔就在我脚边，在桌子底下玩耍，比安卡坐在我身旁，模仿我的姿势和表情，假装读书写字。我不知道发生了什么，或许是比安卡和我说话时，我没回答她，或许她只是想玩，那段时间她有些暴力。我正在专心斟词酌句，总觉得找不到合适、通顺的词语。突然间我挨了一耳光。

这个耳光不是很重，比安卡只有五岁，不会真的打疼我。但怒火一下子就上来了，我感到一阵火辣辣的疼痛，就像一根很锐利的黑色铁丝，一下切断了我本来就很涣散的思路。无论如何，我的思绪早已飘离了我们所在的厨房，远离了正在灶台上咕噜作响、为晚餐准备的肉酱，远离了那台钟表，它一刻不停地向前走着，只留下少许时间，让我用在想做的研究创作上，让我得到认可、职位和自己的钱。我不假思索，扇了比安卡一巴掌，没有太用力，只是用指尖打了她的脸。

"你不许再这样做。"我假装用教训的口吻说。她笑了，又想打我，以为我终于和她一起玩了，但我抢先又给了她一下，比之前重一点。"看你还敢不敢，比安卡。"这次她的笑声很嘶哑，眼神有些困惑，我又打了她，仍然绷紧了手指，用指尖打她，一遍又一遍，"不准打妈妈，永远都不能打。"终于她明白我不是在玩，大哭了起来。

我手指上沾着比安卡的眼泪，继续打她，动作很慢。我控制着自己，但间隔时间越来越短，非常果断，已经不是为了教育她，而是真正的暴力。虽然我很克制，却是真正的暴力。"出去。"我对她说，语调一直很平稳，"出去，妈妈得工作。"我态度坚决，抓着她的一只胳膊，把她拖到走廊上，她一边哭一边尖叫，仍想打我。我把她扔在走廊，一下关上身后的门，我说："我不想再见到你。"

　　门上有块很大的磨砂玻璃。我不知道发生了什么，或许关门时太用力了，门关上时发出巨大的声响，玻璃碎了。比安卡睁大了眼睛，她在空荡荡的门框另一边，看起来那么小，已经不哭喊了。我惊异地望着她，我到底在做什么，我被自己吓到了。她没有受伤，一动不动站在那里，继续默默地流眼泪。我努力不去回想那时的情景：玛尔塔拉着我的裙子，比安卡在走廊里，在破碎的玻璃中间盯着我。想到这些，我就冒冷汗，喘不过气。现在我在市场门口，浑身都是汗，呼吸困难，无法控制心跳的节拍。

16

雨刚变小一点，我就把包顶在头上跑了出去。我不知道要去哪里，但确定自己不想回家。如果下雨，在海边度假就会变成这样：路上都是水洼，衣服过于单薄，凉鞋不防水，脚会打湿。终于，大雨变成了毛毛细雨，我想要过马路，但忽然停了下来。我在对面的人行道上看到了罗莎莉娅、科拉多、抱着孩子的尼娜，她女儿身上披着一条纱巾。他们刚离开玩具店，走得很快。罗莎莉娅一只手抓着新买的娃娃的腰，像拎着一个包袱，那个娃娃看起来像真的一样。他们没有看到我，或假装没有看到我，我的目光一直追随着尼娜，希望她转过身来。

阳光透过云朵间的天蓝色缝隙照射下来，我走到车旁，发动汽车向海边驶去。我脑中闪过各种面孔、动作，出现又消失，悄无声息，无法捕捉。我用两根手指摸了一下胸口，想缓解过快的心跳，就像这样也能减慢汽车的速度。我觉得车速很快，但其实不到六十码，痛苦来袭的速度很快，你不知道它从哪里来，怎么向前逼近。我想起那时我们在海滩上，有我前夫詹尼、他同事马泰奥，以及马泰奥的妻子露西拉——一个很有文化的女人。我记不得她是做什么工作的，只记得她时常让我和两个女儿的关系陷入困境。通常她很友好、善解人意，不会指责我，也不阴险。但她会不由自主地诱惑我的女儿，让她们只喜欢她，想向自己表明，她拥有一颗天真纯洁的心，如她所说，可以和两个孩子心心相印。

她和罗莎莉娅一样，在这些事中，文化和阶层差异并不重要。有时马泰奥和露西拉来我们家做客，有时我们去郊游，有时会一起去度假，比如夏天去海边。我总是很烦躁，不快乐的感觉越来越明显。两个男人谈论工作、足球或其他东西，露西拉从不和我聊天，她对我不感兴趣，但她会和我两个女儿玩。为了吸引她们的注意力，还会专门想出一些游戏和她们一起玩，假装和她们一样大。

我发现，她使出浑身解数，一门心思想征服我的两个女儿。只有当她们完全被迷住了，不仅渴望和她度过一两个小时，而且想永远跟她在一起时，她才会罢休。她嗲声嗲气，模仿小孩子的声音，这让我很厌烦。我教育女儿不要嗲声嗲气，不要矫揉造作。露西拉表情丰富，说话时声音娇滴滴的，故意像小孩子那样。她表现得很娇媚，带得我两个女儿和她一样，一开始是说话方式的倒退，逐渐延伸到行为举止。我费了很大力气，才帮她们养成独立自主的习惯，这对我来说非常必要，可以帮我腾出一些属于自己的时间，但露西拉一来，这些习惯几分钟内就被打破了。她一出现，马上扮演起善解人意的母亲，充满想象力，总是愉快、热情：真是个好母亲。真是该死！我开车时没有避开路上的积水，有时故意冲过去，溅起两道高高的水花。

那时的愤怒又在我胸中燃起。我心想，当一两个小时的好母亲，这可真容易啊。只是路过、度假、参观，取悦两个女孩，真是轻松愉悦。露西拉从没想过，之后会发生什么，她打破我定的规矩，破坏掉属于我的领地，她会回自己家里，照顾她丈夫，投入工作，追求成功。此外她还经常用一种表面上很谦虚的口吻，炫耀她的成就。最后只剩下我一个人，一直做牛做马，却成了坏妈妈。我得整理凌乱的房间，规范女儿的行为举止。她们无法忍受那些规矩，总是说，露西拉阿姨说过、露西拉阿姨让我们这样做。该死的女人，该死的女人！

我偶尔也能体会到一丝报复的快感，但这种时候很少，也很短暂。比如，有时露西拉来得不是时候，两个小姐妹正沉迷于自己的游戏。她们太专注了，把露西拉阿姨的游戏推到后面，要是强行让她们玩儿，她们会很厌烦。露西拉强颜欢笑，心里很苦涩。我觉得她很受伤，就像真的是受到我女儿排挤的伙伴。我得承认，我有些幸灾乐祸，但我不懂怎么利用这一点，不知道怎么利用优势。我马上就心软了，或许我在暗暗担心，她对两个女儿的情感会变淡，这不是我希望的。因此，我迟早都会说出类似这些话，像是在为她们开脱：她俩习惯于自己玩，或许有点太自得其乐了。露西拉会打起精神，表示赞同，说起我女儿的坏话来，指出她们的缺点和问题。她说，比安卡太自私，玛尔塔太脆弱，一个缺乏想象力，一个又太爱幻想。老大封闭在自己的世界里，有点危险；老二被宠坏了，事儿特别多。我听她这样说，我对她的小小报复现在都翻转过来了。我觉得，两个女儿拒绝了她，露西拉现在要踩踏我，就像我是她们的同谋。我又痛苦起来。

那段时间，她给我带来了很大伤害。不论是她和我两个女儿开心地游戏时，还是被她们排挤后生气时，她都让我觉得：我错了，太自我了，不适合做母亲。该死的女人，该死的女人，该死的女人。那次在海滩上，我觉得自己真是个失败的母亲。那是七月的一个上午，露西拉单和比安卡玩，疏远了玛尔塔。或许她不想和玛尔塔一起玩，是因为她太小了，或者觉得她太笨了，玛尔塔让她没有成就感，我不知道为什么。我敢肯定，她一定对玛尔塔说了什么，孩子哭了起来，这让我很受伤害。她任凭玛尔塔在詹尼和马泰奥的太阳伞下啜泣着，而他们俩聊得火热，根本就不管孩子。我拿起浴巾，在离海边不远处摊开，气急败坏地躺下晒太阳。玛尔塔朝我走了过来，她只有两岁半，或三岁。她摇摇摆摆地小跑过来，想和我玩，她身上全是沙子，一下子趴在我肚子上。我讨厌身上粘上沙子，也讨厌弄脏我的东西。我对着丈夫大喊："快来把孩子带走。"他跑了过来，看到我已经忍无可忍了，害怕我大吵大闹。他能感受到，我控制不住了，有段时间，我不在乎人们对我的看法，不分公共和私人场合，都有一种强烈的渴望，想像演戏一样表现我的愤怒。"把她带走，"我对詹尼大喊，"我再也受不了她了。"我不知道为什么生玛尔塔的气，可怜的小家伙，如果露西拉对她不好，我本应该保护她。但我好像听信了那个女人对孩子的指责，这让我很生气。但我相信她说的是真的，我觉得玛尔塔真的很笨，总是在哼唧，我再也受不了了。

詹尼把玛尔塔抱在怀里，他看了我一眼，意思是"冷静点"。我气愤地转过身跳入水中，想洗掉沙子，摆脱炎热。我回到岸边时，看到詹尼正和露西拉一起陪着比安卡、玛尔塔玩耍，詹尼在笑，马泰奥也走了过去。露西拉改变了主意，她决定和玛尔塔一起玩了，她想告诉我，她也可以这样做。

我看到玛尔塔在笑，虽然还在抽搭着鼻子，但她真的很开心。一下子，两个孩子又被她俘获了，我心中涌起一股无名的怒火，想要破坏眼前的一切。我不经意间摸了摸耳朵，发现一只耳环不见了，那不值什么钱，虽然我很喜欢，丢了也没关系。我一下子很激动，对着丈夫大喊："我丢了一只耳环。"看了看浴巾，也没找到，我喊得更大声了："我的耳环丢了。"我怒气冲冲地打断他们的游戏，对玛尔塔说："看到了吗？你让我丢了只耳环。"我带着仇恨的语气对她说这些，好像她得承担严重的责任，这对于我的生活特别重要。我又往回走，手脚并用，刨开沙子寻找。我丈夫走了过来，还有马泰奥，也找了起来。只有露西拉继续和两个女孩玩游戏，对我的失态不理不睬，也让我两个女儿置身事外。

回家后，当着比安卡和玛尔塔的面，我对丈夫大发脾气，说我不想再见到露西拉那个烂人，再也不想见到她。我丈夫为了息事宁人，就答应了我。我离开詹尼后，他和露西拉有过一段关系，或许希望她能离开丈夫，照顾我的两个女儿，但这两件事她都没去做。她爱詹尼，这千真万确，但她已经结婚了，后来她也不再关注比安卡和玛尔塔。我不知道她过得怎么样，是不是还和她丈夫一起生活，或者他们分开了。她是不是再婚了，不知道她有没有养自己的孩子，我一无所知。那时我们还年轻，不知道后来她变成什么样了，她在想什么、做什么。

17

我停好车，穿过松林，松林间还在滴水。我来到沙丘上，浴场空无一人，吉诺不在，浴场的经理也不在。沙滩在雨后变成了一个深色的硬壳，一道道白色的海浪轻轻拍打着沙滩。我来到那群那不勒斯人的遮阳伞旁，在尼娜和埃莱娜的伞下停了下来。那里放着孩子的很多玩具，有的堆在躺椅和日光浴床下，有的装在大塑料袋里。我想这时候命运，或一种无声的呼唤，一定会指引尼娜独自来到这里。她会抛下女儿，抛开所有一切来到这里。我们会平静地打招呼，打开两把躺椅，一起看海，聊聊我的经历，时不时会触碰到对方的手。

我的两个女儿一直都在努力变成和我截然不同的人。她们很优秀、能干，詹尼正在引导她们走上一条他走过的路。她们很忧虑，也很坚定，会像旋风一样进入这个世界，会比我们做父母的更如鱼得水。两年前，我预感她们将离开，不知道会离开多久。我给她们写了封很长的信，详细讲述了我当年抛下她们的事。我不想解释原因——到底是什么理由让我离开？——而是讲述了十五年前，促使我离开的冲动。我将信复印了两份，一人一份放在她们房间里。但什么都没发生，她们没有回应我，也没对我说："我们聊聊吧。"只有一次，比安卡进屋时，我有些伤感地提到了那封信，她说："你还有时间写信，可真有闲情逸致。"

我真是愚蠢，在孩子五十岁前，和她们聊这些事，期望让她们看到，我是一个活生生的人，而不是个工具。告诉她们：我是你们的过去，你们的根基，要听我的话，这对你们有用。我不是尼娜的过去，但她可以把我视为她的将来。我选择了一个无关的人，把她当成女儿来陪伴我，我在寻找她，靠近她。

我在那里待了会儿，用脚刨着沙子，直到触到干燥的沙子。我想，如果带了娃娃，我可以把她埋在这里，埋在湿润的海滩下，第二天有人会找到她，这会很完美。但我一点也不懊悔。我希望不是埃莱娜找到她，而是尼娜。我会走过去对她说："你开心吗？"但我没把娃娃带来，甚至没想到这一点。我给娃娃买了新衣服和鞋子，这是个毫无意义的行为。或者这很有意义，只是和生活中许多小事一样，我发现不了它的意义。我来到海边，想一直走下去，让自己疲惫。

实际上，我走了很久，肩上背着包，手里提着凉鞋，脚浸在水里，一路上我只碰到了几对恋人。在玛尔塔出生的第一年，我发现我不再爱我的丈夫。那一年过得很艰难，孩子从不睡觉，也不让我睡，身体上的疲惫把一切都放大了。我太累了，不能学习、思考、哭泣、大笑，也无法爱那个过于聪明的男人，他过于沉迷和生活博弈，缺席的时间太多了。爱情也需要精力，我已经筋疲力尽了。当他开始抚摸、亲吻我时，我会变得很烦躁，感觉那是一种侵犯，实际是他一个人在享受欢愉。

我曾经近距离地看到，相爱意味着什么，那是一种强大、愉快、让人忘记责任的情感。詹尼是卡拉布里亚人，出生在一个小山村，在那里还有一栋老屋。那地方没什么特别之处，除了空气清新、风景优美。许多年前，在圣诞节和复活节时，我们会和两个女儿去那里。我们会开车去，一路上很辛苦。詹尼开车时不怎么说话，沉浸在自己的心思里。比安卡和玛尔塔很淘气，我得管着她们。一路上，她们想吃各种东西，想玩放在行李箱里的玩具，刚上完厕所，又想小便。我还得唱歌，转移她们的注意力。那时已经是春天了，但天气依然很冷，外面下着雨夹雪，天快黑了。我们在公路旁看到一对情侣，他们冷得瑟瑟发抖，想搭便车。

詹尼几乎是不由自主地停在了他们身边，他是个热心肠。我说没位子了，还有两个孩子，坐不下。那两人还是上了车，他们是英国人，男人头发灰白，大约四十多岁，女人肯定不满三十岁。我一开始态度很不友好，一句话也不说。我觉得，这会让旅程变得更复杂，我更难哄两个孩子。主要是我丈夫在说话，他喜欢交朋友，尤其是和外国人。他很热情，提问也没有考虑合不合适。我得知，这两人突然抛下了工作，我不记得他们是做什么的了，也抛下了家庭出来旅行，女人离开了年轻的丈夫，男人离开了妻子和三个年幼的孩子。他们用很少的钱，在欧洲已经旅行了几个月。男人坚持说："重要的是在一起。"女人表示赞同，然后转向我，说了这句话："我们从小就不得不做很多蠢事，还认为那都是必须的。但现在我们做的，是自出生以来我觉得唯一有意义的事。"

从那一刻起，我就喜欢上了他们。夜里，我们得在高速路旁，或一个没人的加油站把他们放下，因为我们得下道。我对丈夫说："把他们带回家吧，天又黑又冷，明天我们再送他们去最近的收费站。"他们在两个女儿怯生生的目光下吃了晚餐。我为他们打开了一张旧沙发床。我觉得，不管他们在一起还是分开，都在释放一股力量。我感觉这股力量在扩张，融入我的体内，注入血管里，点燃我的心。我和他们交谈起来，有些激动，觉得有许多事只能对他们说。他们称赞我英语说得好，我丈夫戏称我是当代英国文学的杰出学者。我自谦了一下，跟他们说了我具体研究什么。他俩对我的研究很感兴趣，尤其是那个女人，这样的事以前从没发生过。

我被那个女人迷住了，她叫布兰达。我整晚都在和她说话，想象自己是她，自由自在，和一个陌生的男人一起旅行：无时无刻都渴望拥有他，他也无时无刻渴望我。过去的一切都清零了，生活不是出于习惯，也没有那些习以为常、迟钝的感觉。我就是我，会产生自己的思想，不会因其他要操心的事偏离自己的轨迹，只会追随交织在一起的欲望和梦想。没人能束缚我，虽然我带着剪掉的脐带。清早他们同我道别，布兰达懂一点意大利语，她问我有没有文章可以给她看看。我的文章——我体会着这句客套话带来的快乐，我给了她一篇短文，只有几页纸，我写的东西少得可怜，那是两年前发表的一篇小文章。最后他们走了，我丈夫把他们送到了高速公路上。

我收拾屋子，带着些许伤感，仔细收起了他们的床铺。我想象着布兰达赤身裸体，双腿间因为兴奋变得湿润，我的身体也湿了。从我结婚以来，比安卡和玛尔塔出生以来，我第一次梦想着对我爱过的男人，对两个女儿说："我得走了。"我想象他们仨陪我走到高速公路上，然后离开，留下我在那里，挥手和他们道别。

这画面一直萦绕在我脑中。我有多长时间，一直在想象像布兰达那样，在她的位子上，坐在公路护栏上。在我真正离开前，这种情况持续了一两年，那段日子过得很艰难。我从没想过离开两个女儿，我觉得这个想法可怕、愚蠢又自私，我想过离开我丈夫，我在寻找适当的时机。我等待着，觉得很厌烦，重新开始等待，事情总会发生，我变得越来越烦躁，越来越危险。我无法平静，劳累也不能使我平静下来。

不知道我走了多久，我看了看表，掉头朝浴场走去，我脚踝很疼。天空变得晴朗，阳光普照，人们又懒洋洋地出现在沙滩上，有的穿着平时的衣服，有的穿着泳衣。人们重新打开遮阳伞，沿着海岸散步的人像一支无穷无尽的队伍，在庆祝着好天气的回归。

我忽然看到一群孩子，正在向游人分发什么东西。我走近一看，认出了他们是尼娜的亲戚——那群闹腾的男孩。他们发传单的样子就像在玩游戏，每人拿着一个大袋子。其中一个孩子认出了我，说："给她有什么用？"我依然接过传单，继续向前走，看了一眼传单。尼娜和罗莎莉娅就像走丢了猫或狗那样，做了一则启事。传单中心印着一张埃莱娜和娃娃的照片，照得不太好，还有一个字体很大的手机号码和几行字，说娃娃丢了，小女孩很伤心，语气让人动容。他们还承诺会付一笔丰厚的报酬给找到娃娃的人。我小心翼翼地把传单叠起来，放进包里，和娜尼的新衣服放在一起。

18

晚饭后我回家了，劣质葡萄酒让我的头很晕。我路过酒吧时，看见乔瓦尼和他的几个朋友坐在外面乘凉，他看到我就站了起来，向我打了招呼，他举着酒杯，好像在邀请我加入。我没有回应他，这很不礼貌，但我没有任何歉意。

我很不开心，浑身像散架一样，感觉自己像一堆人形的灰尘，一整天都被风刮着，此刻仍悬浮在空中，随风飘散，没有自己的形状。我把包扔在沙发上，没打开阳台门，也没有打开卧室窗户。我去厨房倒了点水，在水里加了几滴安眠药，其实这种情况极少，我只有在很不舒服情况下才会用安眠药。我喝水时，注意到了坐在桌上的娃娃，想起了包里的小裙子，感到很羞愧。我抓起娃娃的头，把她拿到客厅，无力地瘫坐在沙发上，把她肚子朝下放在怀里。

她的样子很可笑，大屁股，挺直的背。"我们来看看，这些衣服适不适合你。"我大声说道，充满怒气。我从包里拿出小裙子、内裤、袜子、鞋子。我拿着衣服在她身后比画了一下，尺寸合适。明天我会直接去找尼娜，告诉她："昨晚我在松林里找到了娃娃。你看，今早我还给她买了衣服，这样你和女儿就可以一起玩儿了。"我叹了口气，很不开心。我把所有东西都放在沙发上，正准备起身时，发现娃娃嘴里流出了深色液体，弄脏了我的裙子。

我查看了一下她带小孔的嘴唇。我用手摸了一下，发现嘴唇部分的材料比她身体其他部位柔软。我轻轻地把她的嘴唇撑开，那个洞更大了，娃娃露出了微笑，向我展示牙龈和乳牙。我觉得一阵厌恶，马上合上她的嘴，使劲儿摇晃她。我听到了她肚子里的水声，想象着她肚子里的臭水，混合着沙子的死水。这是你们母女俩的事，我想，我为什么要干涉呢。

晚上，我睡得很沉。早上起来，我把在海边用的东西、书、笔记本、小裙子、娃娃放在包里，开车去了海滩。在车里，我放了大卫·鲍伊的一张老专辑，一路上我都在听《出卖世界的人》这首歌，这是我年轻时候经常听的。我穿过松林，雨后的空气湿润又凉爽。在树干上，时不时会看到印有埃莱娜照片的传单，我有点儿想笑，也许那个坏脾气的科拉多会给我很慷慨的奖励。

吉诺很客气，我很高兴见到他。他已经把躺椅放在阳光下晒干了，他陪我走到遮阳伞下，坚持要帮我拿包，但他说话时从来没有用亲密的语气。他是个聪明、谨慎的男孩，需要有人帮助他，督促他完成学业。我开始读书，但心不在焉，躺椅上的吉诺也拿出了课本，他对我微微一笑，似乎在强调我们之间的共同点。

尼娜还没来，埃莱娜也不在。前一天发传单的那些孩子都在沙滩上，兄弟姐妹、堂兄弟姐妹、姐夫妯娌，所有亲戚都陆陆续续来了。快到中午了，罗莎莉娅和科拉多也来了，罗莎莉娅走在前面，她穿着泳衣，骄傲地袒露着显眼的肚子。她在饮食方面很不在意，但很自在地挺着肚子，从不抱怨。科拉多走在后面，他穿着背心、短裤、拖鞋，步伐迟缓。

我又感到烦躁不安，心跳有些加速。很明显，尼娜不会来海滩，也许孩子生病了。我紧紧盯着罗莎莉娅，她脸色阴沉，从没朝我这边看一眼。我看向吉诺的方向，也许他知道些什么，但我发现他的位置是空的，书还打开着，放在躺椅上。

我看到罗莎莉娅离开遮阳伞，迈着八字步，独自一人走向海边。我朝她走去，她看到我并不高兴，毫不掩饰她的情绪，只简短地回答了我的问题，一点儿都不客气。

"埃莱娜怎么样了？"

"感冒了。"

"发烧了吗？"

"有一点。"

"尼娜呢？"

"尼娜当然和她女儿在一起。"

"我看到了传单。"

她一脸不悦。

"我告诉我弟，这根本没用，真他妈是浪费时间。"

她用意大利语说出了这句粗话。我想告诉她，是的，这没用，真他妈是浪费时间，娃娃在我这儿，现在我要把它还给埃莱娜。但她那冷淡的语气打消了我的念头，我不想告诉她，也不想告诉这个家族里的任何人，娃娃在我手里。今天我听到他们的声音，不再觉得是在欣赏一场节目，他们勾起我对过去的忧伤回忆，让我想起童年在那不勒斯的生活。我感觉他们属于我现在的生活，时不时会让我跌倒、沼泽一般的生活。他们就像我小时候逃离的那些亲戚一样，我无法忍受他们，他们却紧紧抓住了我，我把这一切都藏在心底。

生活有时候在重复，很有讽刺性。从十三四岁起，我就渴望能成为体面的资产阶级，说一口标准的意大利语，过上一种有文化、深思熟虑的生活。那不勒斯似乎像会淹没我的浪潮，我觉得这个城市不存在我希望的生活，除了我小时候熟悉的暴力、粗俗、慵懒、虚情假意的生活，或者努力掩饰自己的可怜处境。我不相信，这座城市还有其他生活，我根本都没有费力寻找，无论是过去，还是未来。我就像个被烧伤的人，尖叫着逃跑了，撕下被烧伤的皮肤，坚信自己撕掉了烧伤本身。

我遗弃两个女儿时，最担心的是詹尼出于懒惰、报复或者需要，把比安卡和玛尔塔带到那不勒斯，托付给我母亲和亲戚。我当时很焦虑，简直快窒息了。我想，我到底在干什么，我已经逃出来了，却让两个女儿回到那里。两个女儿会慢慢沉入那口黑井之中，我来自那个地方，她们会呼吸到那里的空气，吸收那里的语言、行为和特征，那是我在十八岁离开这座城市去佛罗伦萨学习时，从自己身上抹去的东西。当时对我来说，佛罗伦萨是个遥远、陌生的地方。我对詹尼说，你怎么办都可以，但不要把她们托付给那不勒斯的亲戚。詹尼冲我大喊，他说那是他的女儿，他想怎样就怎样，如果我离开了，就没有权利插嘴。事实上，他把两个女儿照顾得很好，但工作太忙或被迫出国时，他会毫不犹豫地把她们送到我母亲的家里，带到我出生的房子里，那是以前我为获得自由与父母激烈争吵的地方，詹尼好几个月都让她们待在那里。

我受到了往事的冲击，很懊悔，但我并没有回头。我在很远的地方，似乎变成了另一个人，终于成为了自己。我最后让两个女儿经历故乡带来的伤痛，那也是我永远无法愈合的伤口。我母亲很好，为了照顾她们，把自己弄得很虚弱，但无论是对于照顾孩子，还是其他事，我都没对她表示过感谢，我把内心对自己的愤怒发泄在她身上。后来，我把两个女儿带回佛罗伦萨时，指责她给孩子带来了糟糕的影响，就像她对我的影响一样，这真是毫无依据的指责。她非常难过，反应激烈，为自己辩护，不久就去世了，也许是心痛而死。在她去世前不久，她对我说了最后一句话，是用方言断断续续说的：我有点冷，勒达，我太害怕了。

我对她大吼过多少次，我连想都不敢想。我希望——既然我已经回家了——我女儿只能依靠我。有时我甚至觉得是我一个人创造了她们，我不再记得任何关于詹尼的事：不记得任何亲密的身体接触，也不记得他的腿、胸脯、性器、味道，就好像我们从未触碰过对方。他去了加拿大后，这种感觉更强烈了。在我看来，我一个人养育了两个女儿，在她们身上，无论好坏，我只看到了自己的影子，我遗传给她们的女性特质。我越来越焦虑，有几年比安卡和玛尔塔在学校成绩很差，她们显然迷失了方向。我逼迫她们，督促她们，折磨她们。我对她们说，你们以后到底想干什么，想去哪儿？你们想倒退回去吗，自甘堕落，让我和你们的父亲所有努力都白费，变得像你们的外婆那样，只上到小学。我情绪低落，对着比安卡嘟哝着说："我和你的老师谈过了，你让我很难堪。"我看到她们俩都不好好学习，觉得她们越来越傲慢无知，我确信，她们会在学习上，在所有事上一事无成。有段时间，我知道她们开始用功了，我才松了一口气，渐渐地，她们在学校里成绩越来越好，不会步我家上辈女性的后尘，我感觉那些阴影才逐渐消失。

可怜的妈妈，她到底给两个孩子带来了什么糟糕的影响呢？其实什么也没有，只有一点方言。多亏了她，比安卡和玛尔塔才会模仿那不勒斯语调，还有一些表达方式。她们心情好时会笑话我，很夸张地学我的口音，甚至从加拿大给我打电话时，也会模仿我。她们毫不留情地嘲笑我说任何语言都会流露的方言调子，或嘲笑我用意大利语来表达某些那不勒斯话。真他妈是浪费时间。我对罗莎莉娅微笑，想找点话说，即使她很无理，我也要假装出有礼貌的样子。是的，我的两个女儿羞辱我，尤其是在我说英语时，她们为我的口音感到羞耻。我们一起出国时，我意识到了这一点，但英语是我的工作语言，我觉得我用得很熟练，她们坚持认为我说得不好。她们说得没错，事实上，尽管我已经很努力了，但还有很长的路要走。如果我愿意，我可以瞬间回到眼前这个女人的状态，变得和她一样。当然，这有些费劲儿，我母亲可以从伪装的小资产阶级太太瞬间变成不幸的女人，开始无穷无尽的烦人唠叨。我需要花费更多时间，但我可以做到。两个女儿的确已经渐行渐远，她们属于另一个时代，我会在未来失去她们。

我又尴尬地微笑了，但罗莎莉娅没有对我微笑，谈话结束了。现在我对这个女人的态度摇摆不定：害怕又厌恶、悲哀又同情。我想象，她会毫不费力地生下孩子，两个小时之内她会生出来另一个像她一样的女人。第二天她就会恢复体力，会有大量的奶水，就像一条充沛的河流，她会回到战场上，充满警惕、暴力。现在我很清楚，她不想让我见她弟媳。我想她一定认为，尼娜是个烦人精，觉得自己很精致，在怀孕期间总是抱怨，一直孕吐。对她来说，尼娜很脆弱，像水一样容易受到各种不良因素的影响。而我坦白了我做的那些糟糕的事后，她不再认为我是海滩上的朋友。她想保护尼娜，让她不受我的影响，她怕我给尼娜灌输一些奇怪的想法。她以弟弟的名义——那个肚子很大的男人——监视着尼娜。他们都是坏人，吉诺曾告诉我。我在水里静静地站了一会儿，不知道该对她说什么，昨天和今天就像一块磁铁，勾起了我生命中的所有日子，最后，我回到了自己的遮阳伞下。

我想了想该怎么办，最后我决定了，我拿起我的包、鞋，在腰间系上一条纱巾，向松林走去，把书留在了躺椅上，衣服挂在遮阳伞柄上。

吉诺说，那帮那不勒斯人住在沙丘上的一栋别墅里，在松林旁边。我沿着松针和沙子之间的边界走着，一边是阳光，一边是树荫。我很快就看到了别墅，那是一栋奢华的两层楼，坐落在芦苇、夹竹桃和桉树之间，此刻蝉声震耳欲聋。

我走进灌木丛，想找一条能通往别墅的小路，与此同时，我从包里拿出传单，拨打了上面的手机号码。我等待着，希望尼娜能接电话。电话铃响起，我听到右手边茂盛的灌木丛中传来了手机的铃声，然后是尼娜的声音。她笑着说："好啦，别闹，让我接电话。"

我突然挂断电话，顺着声音传来的方向看去。我看到尼娜穿着一条浅色裙子，靠在树干上，吉诺正在吻她。她似乎接受了这个吻，睁着眼睛，有些不安，但又很享受。与此同时，她轻轻推开了伸向她乳房的手。

19

————————

我下海游了一圈，回来趴在躺椅上晒太阳，脸埋在双臂间。那个姿势，正好可以看到那个年轻的救生员回来了，他低着头大步走下沙丘，回到自己的位置，拿起书来读，但读不进去，又抬头长时间盯着大海。我感觉昨晚的不开心，现在变成了敌意。他看起来那么彬彬有礼，陪了我好长时间，表现得很细心、敏感。他说，他害怕尼娜的亲戚和丈夫，怕他们有过激反应，这让我很担忧，但他还是难以控制自己，让自己和尼娜置于危险之中。这个男孩在她最脆弱、被女儿折磨得筋疲力尽时，诱惑了她。我今天发现了他们，我觉得任何人都可能像我一样发现他们，我对他俩很失望。

我忽然发现他们在一起，不知道为什么，这让我很不安。我百感交集，看见的和联想到的情景混合在一起，我开始浑身发热，冒冷汗。他们的吻依然灼热，温暖着我的胃，我嘴里有一股温热的唾液的味道。这不是成年人的感觉，我仿佛回到了童年，感觉自己就像一个忐忑不安的孩子。很久之前的幻想、臆想的形象慢慢浮现，就像我小时候曾幻想，母亲偷偷离开家，不分昼夜和她的情人幽会时，我身体体验到的快乐。我感觉，几十年来一直存在于我腹部的沉积物正在苏醒。

我很烦躁，从躺椅上下来，匆忙地收拾好东西。我想我错了，比安卡和玛尔塔离开了，这对我并没有好处。虽然表面上我轻松了，但事实并非如此。我已经有多长时间没打电话给她们了，我必须听到她们的声音。我放开手，感觉到轻松，这其实不好，对自己和别人都很残忍。我必须想办法告诉尼娜这一点：夏天的一段恋曲有什么意义呢？你不是十六岁的孩子了，女儿还在生病。我想起刚开始尼娜和埃莱娜，还有娃娃在一起的场景，在遮阳伞下，在阳光下或在海边，她是那么迷人。她们经常轮流用冰淇淋挖勺舀起湿沙子，假装喂娜尼。她们在一起玩儿得多开心啊。埃莱娜会在那里玩好几个小时，无论是自己玩，还是和妈妈一起，都能感觉她很幸福。我突然想到，在尼娜的跟前，埃莱娜与娃娃之间的身体联系，会比她长大和变老过程中，与其他人的联系都更紧密。我离开了海滩，看都没看吉诺和罗莎莉娅的方向。

我沿着空荡荡的公路开车回家，脑海里不断涌现出各种图像和声音。回到两个孩子身边时——已经是很久之前的事了——我的日子又变得沉重起来。我也有零星的性爱，因为不再抱有期待，所以很平静。我遇到的那些男人，即使在接吻前，也会以礼貌的态度，坚定地向我表明：他们不会离开自己的妻子；或者他们习惯了单身，不会考虑确定关系；又或者他们不会承担起我和两个女儿的生活。我从来都没有抱怨，只是觉得一切都在情理之中。这种状态持续了三年，我后来决定，激情狂乱的季节结束了，我觉得够了。

然而那天早上，我把布兰达和她情人睡过的床掀开，我打开窗户，让他们的气味散开。我似乎发现，我身体里有一种对欢愉的渴望，这与我十六岁时最初的几次性体验无关，与后来和丈夫不舒服、不满意的性生活无关，与孩子出生前，特别是她们出生后的夫妻生活无关。在与布兰达和她的情人相遇后，我产生了新的期望。我第一次感觉，我需要别的尝试，就像有人在我胸口推了一把，但我觉得难以启齿。在我看来，在那时的情况下，我不该有这些想法，这不是一个有理智、有文化的女人应该追求的东西。

几天过去了，几个星期过去了，那对恋人的痕迹彻底消失了。但我难以平静，反而滋生了一些凌乱的幻想。我和丈夫在一起时，什么都没有说，我从没有尝试打破我们在性爱方面的习惯，甚至是多年来打造的那些暗语。但当我做研究、买菜、排队付账时，会突然产生一种强烈的欲望，让我既兴奋又尴尬。我为此感到羞愧，尤其是在照顾两个孩子时，这种欲望又冒了出来。我和她们一起唱歌，睡觉前给她们读童话，喂玛尔塔吃饭，给她们洗澡、穿衣服，但同时我觉得自己很可耻，不知道怎么平静下来。

一天早上，我的教授从大学打来电话，说他受邀参加一场关于爱德华·摩根·福斯特的国际会议。他建议我也去参加，因为会议主题和我的课题有关，他觉得这对我的研究会很有帮助。我的什么研究？我什么都没做，他也没为我做过什么，来铺平我的道路。我向他表示感谢，但我没有钱，没有得体的衣服穿，我丈夫正处在一个糟糕的时期，有很多事情要做。经过焦虑、沮丧的几天考虑，我决定不去了，但教授似乎很不高兴，他说我要掉队了。我很生气，有一阵子没联系他。当他再次打来电话时，他告诉我，他找到方法了，让我可以报销路费和住所。

我不能再退缩了。我安排好了一切，确保我不在的这四天，家里分分秒秒都没有问题：冰箱里有现成的食物；几个女性朋友乐于帮忙，她们愿意为一个有点疯狂的研究对象——福斯特做出牺牲；如果孩子父亲临时有会议，一个家境困难的学生会照看两个女儿。我离开了，除了玛尔塔有点感冒，一切都安排得井井有条。

那架飞往伦敦的飞机上坐满了知名学者，还有一些年轻人，他们是我的竞争对手，在争取工作机会方面，通常都比我更积极、更主动。邀请我的教授独自坐着，心事重重，他脾气有些暴躁，有两个成年的孩子、一个优雅和善的妻子。他教学经验丰富，学识渊博，但每当不得不在公众场合讲话时，他都会紧张不安。飞行途中，他一直在修改要在研讨会上作的报告，一到酒店他就要求我读一读，看它是否有说服力。我读了，让他放心，我说这个报告写得很好——这就是我去那里的功能。他匆匆离开了，第一天上午我都没见到他，下午晚些时候，轮到他发言时，他才露面。他很得体地用英语朗读了文章，但有人提出了批评，他有些难过，很生硬地回答了问题，结束后他回到自己的房间，甚至没有出来吃晚饭。我和其他像我一样的普通学者坐在桌前，大部分时间都没有人说话。

第二天我又见到了教授，因为当天有一个备受大家期待的报告，是哈迪教授的发言，他是一所著名的大学受人尊敬的学者。我的教授和其他人坐在一起，甚至没和我打招呼。我在大厅角落找了个地方，很勤奋地打开笔记本。哈迪出现了，那是个五十多岁的男人，个子不高，很瘦，一张和蔼可亲的脸，还有一双引人注目的蓝眼睛，他声音低沉，很有感染力。过了一会儿，我脑子里突然闪过一个念头，竟然在想自己是否愿意被他触摸、爱抚、亲吻。他讲了十分钟，我突然听到他念出了我的名字，然后是我的姓氏。这太不真实了，仿佛他的声音来自我的性幻想，而不是麦克风。

我简直不敢相信，脸色变得通红。他接着讲了下去，他擅长演讲，稿子只是个大纲，现在正在即兴发挥，他重复了我的姓名一遍、两遍、三遍。我看到我的大学同事正在用目光在大厅里四处寻找我，我浑身发抖，手在出汗。我看向教授，他也一脸惊讶，转过身来。这位英国学者引用了我文章中的一段话，这是我迄今为止发表的唯一一篇论文，也是前不久我给布兰达看的那篇。他用赞赏的语气提到了这篇文章，详细讨论了其中一段话，用它来支撑自己的论点。他一说完，掌声立即响起，我在这时离开了大厅。

我跑到自己的房间，感觉身体里的血液都在皮肤下沸腾，我充满了自豪。我给在佛罗伦萨的丈夫打电话，在电话里，我激动得几乎是大喊着告诉他这件不可思议的事。他说，太好了，你真棒！我很高兴。然后他说，玛尔塔得了水痘，医生已经确诊了。我挂了电话，玛尔塔得水痘的事像往常一样让我感觉一阵阵焦虑，但不像过去几年那样，这种焦虑会占据我空洞的内心。我心里荡漾着快乐，充满了力量，身体的快感和智慧的愉悦混合在一起。我想，水痘没什么大不了，比安卡也得过，她会好的。我曾经让这些事把自己压得喘不过气。现在的我才是我自己，这是我可以做的事，这是我应该做的事。

教授给我房间打电话，其实我们之间并不亲密，他是个很冷淡的人。他说话时声音沙哑，总带着些许恼怒，他其实从来都没有太在意我。作为雄心勃勃的毕业生，他不得不接受我，但没做出什么承诺，通常会把最无聊的任务交给我。但在这通电话中，他说话很温柔，有些语无伦次地称赞我的能力。他随口说："现在您必须更加努力，争取尽快完成新论文，再发表一篇文章，这很重要。我会告诉哈迪我们的工作情况，看吧，他会想见您的。"我排除了这种可能，我是谁啊？他坚持说，他很肯定这一点。

午餐时，教授让我坐在他旁边，我突然意识到，周围一切都变了，体验到了一种新的快感。我从一个默默无闻、拎包的小角色——甚至都没有权利在一天结束时做个简短的科学报告，在一个小时之内，我就变成了在国际上小有名气的年轻学者。那里的意大利人，无论老少，个个来祝贺我，几个外国人也来了。最后哈迪走进大厅，有人对他耳语了几句，指了指我坐的桌子。他看了我一眼，走到他的桌前，停了下来，转身走回来，礼貌地向我介绍自己。

后来教授在我耳边说，哈迪是个严肃的学者，但他工作太忙了，人变老了，有些厌倦。他还说，如果我是个男的，或者长得丑，年纪很大，他会在自己餐桌旁待着，等我向他表达敬意，然后用几句冷冰冰的客套话，把我打发走。我觉得，教授的话很刻薄。当他不怀好意地暗示，哈迪晚上一定会来找我时，我嘀咕了一句："也许这只是因为我写了一篇重要的论文。"他没有回答，咕哝着说，是的。我后来高兴地告诉他，哈迪教授邀请我到他的餐桌一起吃饭时，他也没有做出任何评论。

和哈迪共进晚餐，我表现得很从容又不失风趣，我喝了很多酒。随后我们一起出去散步，走了很长一段路，回来时已经两点了。他邀请我去他房间，他说这句话时声音很小，语气诙谐，态度谦逊，我接受了他的请求。我一直认为，性交是一种基本的现实，很黏稠，是和另一个身体最直接的接触。但在那次经历后，我确信这是想象力的极端产物。性交的快感越大，就越像一场梦：腹部、乳房、嘴巴、肛门、每一寸肌肤在夜间的反应，抚摸，还有按当时的需求，来自一个无法描述的实体的碰撞。我想，天知道我在那次邂逅中有多投入，我感觉我一直爱着那个男人，尽管我才认识他，但当时只想要他。

回到家后，詹尼责备了我。因为玛尔塔生病了，我四天内只打过两次电话。我说，我很忙。我还说，发生了那件事情之后，我必须更加努力，才能适应现在的情况。我开始较劲儿似的，每天坚持在大学待十个小时。回到佛罗伦萨后，教授突然变得很有责任心，他尽其所能，帮助我完成并发表了一篇新文章。他与哈迪积极合作，为了让我去后者所在的大学做一段时间访问学者。我非常活跃，进入了一段难熬、兴奋的阶段。我很努力，但感到很痛苦，因为我觉得，没有哈迪我就活不下去，我给他写信，打电话。如果詹尼在家，特别是在周末，我就会打公用电话，把比安卡和玛尔塔带在身边，以免引起他的怀疑。比安卡听着电话，虽然说的是英语，但她什么都懂，我也知道，但我不知道该怎么办。两个孩子就在我身边，一声不吭、很困惑。我从没有忘记，我永远不会忘记当时的情景。尽管如此，我还是违背自己的意愿，享受着这些通话，小声说着深情的话，回应着色情的暗示，自己也说着荤话。两个孩子拉着我的裙子，说她们饿了，想要冰淇淋，或者想要气球，因为有个卖气球的人经过，距离我们只有一步之遥。我都小心翼翼，控制自己不要对她们大喊"够了，我要走了，你们再也见不到我了"，就像我母亲在绝望时那样。尽管她对我们大喊大叫，但她从未离开过，而我呢，几乎在没有预告的情况下，就抛弃了两个女儿。

我开着车，但心思并不在方向盘上，甚至没有注意路况。车窗外吹进来一阵阵热风。我把车停在公寓前，比安卡和玛尔塔的身影浮现在我眼前，她们很担忧，都小小的，那是她们十八年前的样子。我浑身发热，一进门就冲进浴室，用冷水洗澡。我让冷水在我身上淋了很久，盯着从腿上、脚上流下的黑色沙子，流到了白色的瓷砖上。热潮很快就过去了，我身上感受到"落下的翅膀带来的寒意"①。我擦干身体，穿上衣服。我曾把奥登的这句诗教给两个女儿，这是我们之间的悄悄话，用来表达我们不喜欢一个地方，心情不好，或者只是说天气很冷很糟糕。可怜的女儿，即使是家庭絮语，从小也被迫引经据典。我拿起包，把它拎到阳光照射的露台上，把里面的东西倒在桌子上。娃娃掉了出来，侧躺在那里，我对着她说了几句

---

① 原文为英文：the chill of the crooked wing，W. H. 奥登诗作 *The Crisis*（1939）中的一行。

话，像对待猫狗一样，但我突然听到了自己的声音，就马上停了下来。我决定打理一下娜尼，让她给我作伴，让自己平静下来。我找来了酒精，想擦掉她脸上和身上的圆珠笔印。我仔细擦了擦，但总是擦不干净。娜尼，来吧，漂亮的娃娃，让我给你穿上内裤、袜子、鞋子，然后穿上裙子，你真优雅。我自然而然在内心这样称呼她，这让我感到惊讶。埃莱娜和尼娜给她取了那么多昵称，为什么我恰恰选择了这个名字，为什么？我看了看笔记本，我把那些名字都记了下来：妮妮、妮勒、妮洛塔、娜尼奇娅、纳努奇娅、妮妮拉、娜尼。我的宝贝儿，你肚子里有水，黑色的脏水。我坐在桌子旁，在阳光下晒干头发，时不时用手指梳理它们，大海是绿色的。

我也一样，默默隐藏了许多黑暗的东西。例如，我是个忘恩负义的人，对布兰达感到很愧疚，是她把我的文章给了哈迪，这是哈迪亲口告诉我的。我不知道他们是怎么认识的，也不想知道他们之间有什么关系。现在我只知道，如果没有布兰达，我的文章就永远不会受到关注，但那时我没有告诉任何人这件事，包括詹尼，甚至我的教授，最重要的是，我从来没找过布兰达。两年前我在写给两个孩子的信中，承认了这件事，那是一封她们连读都没有读的信。我写道：我必须让自己相信，我是一个人做到的，我要越来越强烈地感受到自己，感受到我的优点、品质和独立自主的能力。

与此同时，在我身上发生了一连串的事，似乎证实了我一直的梦想。我很优秀，不需要像我母亲那样假装优越，我真的是个杰出的女人。我在佛罗伦萨的教授终于肯定了我的能力；声名显赫、高雅的哈迪教授也相信我的能力，他似乎比任何人都更确信。我去了英国，回来一段时间，又去了。我丈夫很震惊，到底发生了什么？他抗议说，他无法同时兼顾工作和孩子。我告诉他，我要离开他。他不明白，以为我只是情绪低落，开始寻找解决办法，给我母亲打电话，冲我大喊，说我要为两个孩子考虑。我告诉他，我不能再和他一起生活了，我必须搞清楚自己是谁，我真正的可能性是什么，以及其他类似的话。但我不能对他大喊大叫，说我现在了解自己，有无数新想法，我在学习，我爱上了其他男人。我会爱上任何说我很棒、很聪明、帮我证明自己的人。他冷静了下来，有一段时间他试图表现得善解人意，但后来他觉得我在骗他，他很生气，开始骂我。有一次他大喊道，你想干吗就干吗，你走吧。

他从来没想过，我会真的抛下两个孩子，自己离开。我把孩子留给了他，离开了两个月，从未打过电话。他一直从远方纠缠我，折磨我，后来我回家了，但只是为了把我的书和笔记打包带走。

那次回家，我给比安卡和玛尔塔买了几件小裙子，作为礼物送给她们。她们很娇弱，让我帮她们穿上裙子。我丈夫很客气地把我拉到一边，让我再和他尝试一次，他哭了起来，说他爱我。我回答说，我不爱他了，我们争吵起来，我把自己关在了厨房。过了一会儿，我听到一阵轻轻的敲门声，比安卡进来了，表情严肃，身后跟着妹妹，怯生生的。比安卡从水果盘里拿起一颗橙子，打开抽屉，递给我一把刀。我不明白她为什么这样做，我当时满脑子愤怒，迫不及待想逃离那个家，忘记它，忘记一切。给我们削一条蛇吧，她代表自己和玛尔塔说，玛尔塔微笑着，也在鼓励我。她们穿着新衣服，坐在我面前等待着，稳重、优雅，像两位千金小姐。好吧，我说，我拿起橙子开始削皮。两个孩子都盯着我，我感觉到了她们的目光，她们想让我平静下来。她们越是盯着我，我越强烈感受到她们之外的精彩生活：新的色彩、新的身体、头脑、新的语言——我终于感觉要拥有自己的语言了。两个孩子满怀期待地盯着我，但没有任何东西能让我和这个家庭空间和解。啊，不要让我看见她们，不要让我看到她们身体的迫切需要，不要让她们的需求比我自己的需求更紧迫、更强烈。我削完橙子就离开了。从那一刻起，从那时候开始，我有三年时间没有见过她们，也没有她们的消息。

20

对讲门铃响了，一阵急促的铃声传到了阳台上。

我很机械地抬起头，看了看时钟，那时是下午两点，在这个镇上，我没有亲近到可以在这时来敲门的朋友。我想到了吉诺，他知道我住在这里，也许是他来找我，让我给他出主意。

门铃再次响起，声音不那么果断，也很短促。我离开阳台，拿起了听筒。

"谁啊？"

"乔瓦尼。"

我松了口气，他来聊聊也好，总好过我一直想着那些找不到出口的话，我按了开门的按钮。我还光着脚，急忙去找了双凉鞋，扣好上衣的扣子，整理了一下裙子，梳理了一下湿漉漉的头发。房间铃声一响，我就打开了门。乔瓦尼出现在我面前，他皮肤晒得黝黑，一头精心梳理过的白发，花哨的衬衫，蓝色长裤烫得很平整，无可挑剔，鞋子也擦得锃亮。他手里拿着一个纸包。

"只耽误您一分钟时间。"

"进来吧。"

"我看到您的车了，我想您肯定已经回来了。"

"来吧，请坐。"

"我不想打扰，但如果您喜欢吃鱼，这儿有刚捞上来的。"

他走了进来，把纸包递给我。我关上门，接过他的礼物，努力微笑着说：

"您太客气了。"

"您吃午饭了吗？"

"没有。"

"这鱼也可以生吃。"

"那我可不行。"

"那就油炸吧，可以趁热吃。"

"我不知道怎么清理。"

他刚才还很羞涩，现在忽然变得放肆起来。他熟悉这个房子，就径直去了厨房，开始给鱼开膛破肚。

"花不了多长时间，"他说，"两分钟。"

我饶有兴致地看着他，他动作熟练，取出那些一动不动的鱼的内脏，刮去鳞片，仿佛要刮去它们的光泽和颜色。我想，那些朋友可能正在酒吧里等着他，想知道他是否"得手"。我觉得我错了，我不该让他进来。如果我猜得没错，他会想办法拖延时间，等下让那些朋友相信他的吹嘘。每个年龄段的男人都有可悲之处，他们看似骄傲，其实脆弱，看似大胆，其实怯懦。现在我不太清楚是否曾经爱过他们，也许我只是同情、理解他们的毛病。我想，无论事情进展如何，乔瓦尼都会和朋友吹嘘，他在我这个外地女人面前的壮举，尽管年龄很大，无需药物，他还是很坚挺。

"您有油吗？"

他熟练地煎鱼，不断地没话找话，他很紧张，好像嘴巴跟不上思维。他赞扬了过去的好时光，说那时海里的鱼更多，真的很好吃。他谈到了自己三年前去世的妻子，还有几个孩子。他还说：

"我大儿子比您应该还大很多。"

"那可不一定，我很老了。"

"您说什么啊，您看起来顶多也就四十岁。"

"不是。"

"四十二？四十三？"

"我四十八岁了。乔瓦尼。我有两个女儿，都成年了，一个二十四岁，一个二十二岁。"

"我大儿子五十岁了，我十九岁就有了他，那时我妻子才十七岁。"

"您六十九岁了？"

"是的，我有三个孙子了。"

"您看起来很年轻。"

"只是看起来而已。"

我打开了仅有的一瓶红葡萄酒，那是我在超市里买的。我们并排坐在沙发上，在客厅的桌子前吃着炸鱼。那些鱼异常好吃，我的话变得很稠密，说话的声音让我平静了下来。我谈到了我的工作，尤其谈到了两个女儿。我说，她们从来没让我操心，学习一直很好，考试从来都没有不及格过，大学都以满分的成绩毕业。她们会像她们的父亲一样，成为优秀的科学家。现在她们都在加拿大，一个是为了完成学业，另一个在那里工作了。我很高兴，我尽到了作为母亲的责任，让她们躲过了如今社会的所有风险。

我说话时，他认真听着，时不时也说些关于自己的事。他大儿子是个测量员，妻子在邮局工作；老二是个女儿，嫁了个不错的人，在广场上有个报刊亭；三儿子最让人操心，他不想学习，夏天开着船带游客四处游玩，挣些小钱；小女儿的学习有点儿耽搁了，她生了一场大病，但现在也快毕业了，她会是家里第一个大学生。

他用很幸福的语气谈到了几个孙子，都是大儿子的，其他几个都没有孩子。客厅弥漫着轻松愉快的气氛，渐渐地我觉得很自在，开始对周围的事物产生了一种好感，鱼的味道——我们吃的是绯鲤——红酒，海水的浮光掠影投射到窗户上，都让我心旷神怡。他谈到了孙子，我也开始谈起两个女儿小时候的事。二十年前，有一次在雪地里，我和比安卡玩得很开心。她当时只有三岁，穿着粉红色的滑雪服，帽子边上有白色的绒毛，脸颊红彤彤的。我们拖着一个小雪橇，爬上了山顶，我们坐在雪橇上，比安卡坐在前面，我从后面紧紧抱着她，以最快的速度向下滑，兴奋得大喊大叫。到达山下后，比安卡粉红色的衣服看不见了，脸颊上的红晕也不见了，都被一层闪亮的冰雪盖住了。我只能看到她洋溢着幸福的眼睛，以及张大的嘴巴，她说："妈妈，再来一次。"

我继续聊着，脑海中浮现的只有快乐的时刻。我怀念起过去的很多时光，她们小小的身体，渴望触摸你、舔你、吻你、抱你，但我并不悲伤，那是一种愉快的怀念。玛尔塔每天都会在窗前等我下班回家，她一看见我，就会激动地打开门，马上跑下来。她柔软的小身体贪恋着我，跑得那么快，我担心她会摔倒，示意她慢点、别跑。她只有几岁，但行动敏捷，态度坚定。当我放下包，半跪着，张开双臂迎接她时，她像子弹一样扑到我身上，差点把我撞倒，我抱住她，她也紧紧抱着我。

我说，时光易逝，她们小小的身体已经发生了变化，只留下记忆中的拥抱。渐渐地，她们长大了，长得和我一样高，甚至超过了我。玛尔塔十六岁时，就已经比我高了。比安卡仍然很娇小，身高只到我耳朵那里。有时她们像小时候一样坐在我腿上，一边跟我说话，一边抚摸我，亲吻我。我觉得，玛尔塔从小就为我担心，她想保护我，仿佛她是大人，我是孩子。她一直为我操心，这种努力让她变得爱抱怨，总是带着一种强烈的不适，但这只是猜想，我也不太确定。比安卡就像她父亲一样，性格内向，但她有时也会用生硬、干巴巴的句子，用命令而不是请求的语气对我说话，就好像为了我好，要教育我一下。我们都知道孩子是怎么回事儿，有时他们喜欢用拥抱爱抚表达情感，有时则试图从头到脚改造你，重塑你，就好像觉得你长歪了。他们要教你如何在这个世界上生存，你应该听什么音乐，读什么书，看什么电影，用什么词语，不应该用什么词语，因为那些词已经过时了，没人这么说了。

"他们觉得，自己懂得比我们多。"乔瓦尼说。

"有时确实是这样，"我说，"除了我们教的东西，他们还学会了其他东西。他们的时代永远是另一个，不再是我们的时代。"

"他们的时代更糟糕。"

"您这么觉得啊？"

"我们把他们宠坏了，他们要求太多了。"

"我也不知道。"

"我小时候有什么呢？一把木枪。枪托上有个夹子，就是晾衣服的那种，枪管上有一根橡皮筋。像弹弓那样在橡皮筋上放一块石头，把石头和橡皮筋固定在衣夹上，枪上了膛。想开枪时，打开夹子，石头就会射出去。"

我用喜爱的目光看着他，我的想法变了。现在我觉得，他是个安静的男人，我不再觉得他上来找我，是为了让他朋友以为我们俩有什么。他只想获得一点满足感，来减轻失望的打击。他想和一个来自佛罗伦萨的女人聊天，她有一辆好车，穿着像电视上的漂亮衣服，一个人来度假。

"现在人们什么都有了，他们宁肯负债，也要去买些没用的东西。我妻子没有浪费过一分钱，而现在的女人铺张浪费，爱乱花钱。"

即使他抱怨眼下的社会，抱怨刚刚过去的时代，将遥远的过去理想化，也没有像往常那样让我厌烦。在我看来，这也是他说服自己的一种方式，想要在飘摇不定中让生命有枝可依，有某种东西可以把握，在跌倒时能紧紧抓住。我其实可以告诉他：我是新浪潮、新时代女性，尽量活得和你妻子不一样，甚至可能和你女儿也不同，我不喜欢你的过去。但我和他争论也没什么意义，为什么要和他争论呢？现在的对话虽然都是陈词滥调，但这样最好不过。突然，他忧伤地说：

"孩子们小的时候，为了让他们安静下来，我妻子会用小布团蘸点糖，让他们咂摸。"

"小糖人。"

"您也知道啊？"

"我外婆曾为我的小女儿做了一个，她那时候总是爱哭，没人知道她怎么了。"

"您看吧？现在的人和我们不同，他们带孩子去看医生，医生给父母和孩子同时治疗，觉得父亲、母亲、刚出生的孩子都有病。"

他还在继续赞美过去，我想起了我外婆。我想，那时她一定和这个男人年龄差不多大，但她生于一九一六年，身材矮小，驼着背。我带着两个女儿去那不勒斯看她，像往常一样疲惫，而且很气愤，因为我丈夫本来应该和我一起去，但在最后一刻，他却决定留在佛罗伦萨。玛尔塔哭了，她的奶嘴不见了，我母亲责备我，她说我让孩子养成了坏习惯，让她总叼着奶嘴。我为这事儿开始和她争吵，她总是批评我，我受够了。于是我外婆拿了一小块海绵，在上面蘸了一些糖，把它放在一块纱布里——我想是包糖果的纱布，用丝带把它系起来。一个小布偶出现了，像穿着白色长袍的幽灵，袍子遮住了它的身体和脚。我看到玛尔塔像中了魔法一样平静下来，她在我外婆的怀里，把那个小精灵的白色脑袋含在嘴里，停止了哭泣。甚至我母亲也冷静下来，她打趣说，我小时候，她一出门，只要看不见妈妈，我就开始哭闹，她母亲以前也是用这种方法让我安静下来。

我笑了笑，喝完酒有些头晕，把头靠在了乔瓦尼的肩膀上。

"您不舒服吗？"他尴尬地问。

"不，我没事。"

"您躺一会儿吧。"

我躺在沙发上，他坐在我身边。

"很快就会过去的。"

"没什么要过去的。乔瓦尼，我现在感觉非常好。"我温柔地说。

我向窗外望去，天空中有一朵云，洁白稀薄，倒映在娜尼的蓝眼睛里。她还在桌子上，圆圆的额头，半秃的头。我用母乳喂养比安卡，但没给玛尔塔喂奶，一点也没有，她不愿意吸奶，哭个不停，我很绝望。我想成为一个好母亲，一个模范母亲，但我的身体在拒绝。我想到了过去的女人，她们被太多的孩子压得喘不过气，我想起了那些习俗，能帮助她们治愈孩子，或为孩子驱魔：比如，晚上让他们独自待在树林里，或者把他们浸在冰冷的泉水里。

"我要不要给您煮杯咖啡？"

"不了，谢谢，待在这儿，不要动。"

我闭上了眼睛。尼娜又出现在我脑海中，她背靠着树干，我想起了她修长的脖子、她的胸部、埃莱娜吮吸过的乳头。我想起了她把女儿搂在怀里，向她展示怎么给婴儿喂奶。我想起了模仿那个姿势、动作的小女孩。是的，在假期的前几天，那些日子很美好。我觉得，需要放大那种欢乐，减轻这几天的焦虑，毕竟，我们最需要甜蜜的生活，即使是假的。我睁开了眼睛。

"您的脸又有血色了，刚才太苍白了。"

"有时，大海会让我很疲惫。"

乔瓦尼站了起来，指着阳台，迟疑地说：

"您介意我抽支烟吗？"

他走到外面，点了一支烟，我也走到他旁边。

"这是您的吗？"他指着娃娃问我，就好像在说一句风趣话，给自己争取思考的时间。

我点了点头。

"她叫米娜，是我的吉祥物。"

他拿起了娃娃，忽然有些惊讶，最后放了回去。

"她身体里有水。"

我什么也没说，不知道该说些什么。

他小心翼翼地看着我，就好像我身上有什么东西，有那么一刹那让他感到害怕。

"您听说了吗？"他问我，"那个可怜的小女孩，她的娃娃被偷了。"

21

我强迫自己学习，看了大半个晚上的书。从青春期开始，我就学会了自律：将脑子里的想法赶走，驯服痛苦和屈辱，把焦虑放在一边。

我到快凌晨四点时才停下来，我的背又开始痛了，就是松果砸到的地方。我上床一直睡到了九点，起床后在阳台上吃早餐，眼前是随风摇曳的大海。娜尼一直在外面，坐在桌子上，她的衣服有些潮，有那么一刹那，我觉得她好像动了动嘴唇，伸出了红色的舌尖，仿佛在和我玩游戏。

我不想去海滩，甚至不想出家门。如果出去，我就不得不路过酒吧，会看到乔瓦尼和他的朋友在那里聊天。我很厌烦，但我觉得要尽快解决娃娃的事。我忧伤地看着娜尼，抚摸着她的脸颊，要失去她的悲伤不仅没有减弱，反而更强烈了。我脑子很乱，有时我觉得埃莱娜可以没有娃娃，但我不能失去她。除此之外，我太大意了，没有把她藏起来就让乔瓦尼进了公寓。我第一次想到了结束假期，今天或者明天就走。我又觉得自己很可笑，也太小题大作了吧，我计划逃跑，好像我偷了个孩子，而不是娃娃。我把餐桌收好，洗漱完，仔细地化好妆，我穿了一件漂亮裙子，走了出去。

镇上今天有集市，广场、主干道、街道和小路上密密麻麻地摆着货摊，像迷宫一样。镇子里禁止汽车通行，外面的路上就像大城市一样拥堵。我挤在人群里，周围大部分都是女人，都在翻找各式各样的商品：衣服、夹克、大衣、雨衣、帽子、鞋子、小饰品、各种家居用具、真假古董、植物、奶酪、香肠、蔬菜和水果，还有画着海景的粗鄙的画、药效神奇的草药瓶。我喜欢集市，尤其是那些卖旧衣服和现代大小工艺品的摊位，我什么都买：旧衣服、衬衫、裤子、耳环、胸针、小摆件。我在一堆破旧的东西里翻找，看到了水晶镇纸、旧熨斗、剧院看戏用的望远镜、金属海马、那不勒斯咖啡壶。我正在看一根闪闪发光的帽针，长而锋利，带有漂亮的深琥珀色手柄，我的手机响了。我想可能是女儿打来的，虽然她们不太可能在这个点给我打电话。我看了看显示屏，不是她们任何一个的名字，而是一个我似乎认识的手机号码，我接了电话。

"是勒达女士吗？"

"是我。"

"我是那个丢了娃娃的女孩的母亲，那个……"

我很惊讶，非常不安，但也很高兴，我的心开始狂跳。

"您好，尼娜。"

"我想知道这是不是您的号码。"

"是我的。"

"昨天，我在松林里看到您了。"

"我也看见您了。"

"我想和您谈谈。"

"好吧，什么时候？"

"现在。"

"我在镇子的集市上。"

"我知道，我跟着您走了十分钟，但人太多了，我一直追不上您。"

"我在喷泉附近，这儿有个卖旧货的摊位，我在这里等您。"

我用手指按住胸口，想让自己冷静下来。我随手翻了翻眼前的旧货，很机械地拿起一件来看看，但我毫无兴趣。尼娜出现在了人群中，她推着小车，埃莱娜坐在里面。她时不时地用手抓住她丈夫送的那顶大帽子，以防被海风吹走。

"早上好，"我对小女孩说，她眼神黯淡，嘴里含着奶嘴，"烧退了吗？"

尼娜替女儿回答：

"她很好，但不肯罢休，想要她的娃娃。"

埃莱娜把奶嘴从嘴里拿出来说：

"娃娃该吃药了。"

"娜尼生病了吗？"

"她肚子里有个孩子。"

我有些忐忑地看着她：

"孩子生病了吗？"

尼娜有些尴尬地接过话，笑着说：

"这是个游戏。我嫂子在吃药，她也假装给娃娃吃药。"

"所以娜尼也怀孕了？"

尼娜回答：

"姑妈和娃娃都要生孩子了，对吧，埃莱娜？"

尼娜的帽子飞走了，我帮她捡了起来。她头发扎在头顶，脸看起来更漂亮了。

"谢谢，刮风的时候真不能戴帽子。"

"等等。"我对她说。

我仔细帮她调整好帽子，用琥珀色的帽针把帽子固定在她的头发上。

"这样就不会掉了。但要小心，别让孩子碰到，回家后消消毒，别针太尖了，很容易划伤皮肤。"

我问货摊的老板帽针多少钱，尼娜想付钱，我拒绝了。

"只是个小玩意儿。"

后来我们开始用"你"相互称呼，是我请求她不要用尊称了。她开始不愿意，说那样很不妥，但后来还是接受了。她抱怨那几天很累，孩子特别黏人。

"来吧，宝贝，把奶嘴收起来吧，"她说，"别让勒达阿姨笑话，好不好？"

谈到女儿时，她情绪有点激动。她说，自从埃莱娜丢了娃娃后，就倒退回小时候的状态，想被人抱着，或者待在婴儿车里，甚至又开始用奶嘴。尼娜环顾四周，似乎在寻找一个更安静的地方，她把婴儿车推向了花园。她叹了口气说，她真的很累，她强调了"累"这个字，想让我感受到，这不仅仅是身体上的疲惫。突然，她笑了起来，但我明白，她的笑不是因为高兴，而是心里不舒服。

"我知道，你看见我和吉诺在一起了，但不要误会了。"

"不会的。"

"是啊，我知道你不会。那天一看见你，我就在想，我要成为和那位女士一样的人。"

"我有什么特别的？"

"你很美，很文雅，懂得很多事情。"

"我什么都不懂。"

她用力地摇摇头。

"你很自信，很果断，什么都不怕，从你第一次来沙滩那一刻，我就知道了。我看着你的方向，希望你也能看向我，但你从来没看过来。"

我们在花园的小路上走了一会儿，她又谈到了松林，谈到了吉诺。

"你那天看到的，并不能说明什么。"

"现在别说假话了。"

"但事实就是这样，我把他推开了，嘴巴也紧紧闭着。我只是想回到以前，假装自己是个小女孩。"

"埃莱娜出生时，你多大了？"

"十九岁，现在她快三岁了。"

"也许你太早当母亲了。"

她用力摇头，想否认这一点。

"有了埃莱娜，我很开心，对一切都很满意，只是这些天，发生了很糟糕的事。如果我发现是谁让孩子遭罪……"

"你会怎么做？"我问她，语气里有一丝讽刺。

"我自有打算。"

我抚摸了一下她的手臂，仿佛要让她平静下来。在我看来，她在尽力模仿她家人的语气和表达方式，为了更有说服力，她甚至加重了那不勒斯调子，我心里升起一种柔软的东西。

"我很好。"她重复了好几次，并告诉我，她是怎么爱上她丈夫的。他们是在迪厅认识的，当时她才十六岁。他很爱她，也很爱他们的女儿，她又有些神经质地笑了起来。

"他说，他的手可以抓住我的乳房，尺寸刚刚好。"

我觉得这句话很粗俗，就说：

"如果他像我一样，看到你和吉诺在一起，会怎样呢？"

尼娜变得严肃起来。

"他会杀了我。"

我看着她，看着那个孩子。

"你希望我做些什么？"

"我不知道，可能只想和你聊聊天。在海滩上看到你时，我想坐在你的遮阳伞下，一直和你聊天，但那样你一定会感到无聊，因为我很笨。吉诺告诉我，你是大学教授。高中毕业后，我注册了文学系，但只通过了两门考试。"

"你不工作吗？"

她又笑了起来。

"我丈夫在工作。"

"他是做什么的？"

她不耐烦地摆了摆手，不想回答这个问题，眼中闪过一丝敌意。她说：

"我不想谈论他。罗莎莉娅正在买东西，随时都有可能给我打电话，我就得回去。"

"她不希望你和我说话？"

她做出了一个生气的表情。

"她觉得，我什么都不该做。"

她沉默了片刻，有些迟疑地说：

"我能问你点私事儿吗？"

"说来听听。"

"你当年为什么离开两个女儿？"

我想了想，想做出一个对她有帮助的回答。

"我太爱她们了，但这种爱让我无法成为自己。"

我注意到她不笑了，而是仔细听着我说的每个字。

"你有三年没和两个女儿见面？"

我点点头。

"没有她们，你感觉如何？"

"很好。整个人如释重负，我自由了，身体的每一处都彻底放松了，我感到很满足。"

"你不觉得痛苦吗？"

"不，我太投入自己的生活了，但我这里感觉很沉，就像肚子痛一样。每次听到有孩子叫妈妈的声音，我都会心跳加剧，猛然转身。"

"你感觉不好，也就是说，你很难过。"

"我掌控着自己的生活，当时百感交集，包括一种难以忍受的缺失感。"

她充满敌意地看着我。

"如果你感觉很好，为什么还要回去？"

我斟字酌句，想要解释清楚当时的处境。

"因为我意识到，我无法创造出任何东西，能与两个孩子相提并论。"

她突然露出了满意的笑容。

"所以你回来是出于对女儿的爱？"

"不，我回来和我离开的原因一样：出于对自己的爱。"

她又陷入了困惑。

"什么意思？"

"比起和她们在一起，我觉得没有她们时，我更没有价值、更绝望。"

她想看穿我，用眼神穿透我的胸口、额头，看穿我脑子里的想法。

"你找到了想要的东西，但你不喜欢？"

我对她笑了笑。

"尼娜，我追求的东西是一团乱麻，夹杂着欲望和野心。如果我不走运，可能要花一辈子的时间，才能意识到这点，但我很幸运，只花了三年时间，三年零三十六天。"

她似乎对我的回答很不满意。

"你是怎么下定决心回来的？"

"有一天早上我发现，我唯一真正想做的事，就是在两个女儿面前削水果，削出一条蛇形果皮，当时我突然哭了起来。"

"我不明白。"

"如果以后有时间，我会告诉你。"

她夸张地点了点头，为了让我明白，她特别想听我说。这时，她注意到埃莱娜已经睡着了，她轻轻取出奶嘴，用面巾纸包好，放进包里。她的表情柔和，想让我知道，女儿是她的心头肉。她继续问我：

"你回来之后呢？"

"我妥协了，少为自己活，多为两个女儿着想，慢慢我就习惯了。"

"事情就这样过去了。"她说。

"什么？"

她做了个手势，表示头晕，也表示有些恶心。

"迷乱。"

我想起了我母亲，我说：

"我母亲用了另一个词，她称之为'碎片'。"

她明白这个词蕴含的情感，像个受惊的小姑娘一样看着我。

"这是真的，你心碎了。你无法忍受自己，心里有很多心事，却说不出口。"

她又接着问我问题，这次她表情很温和，好像在寻求爱抚。

"总之，都过去了。"

我想，无论是比安卡还是玛尔塔，都没有像尼娜这样，坚持问我这些问题。我斟字酌句，想通过善意的谎言来告诉她真相。

"我母亲为此生病了，但那是另一个时代的事了。现在即使事情没有过去，你也可以活得很好。"

我看到她有些犹豫，打算说些什么，但最后放弃了。我感到她想紧紧抱住我，这和我的感觉一样，这是一种感激，迫切地需要拥抱来表达。

"我得走了。"她说，不由自主地在我的嘴唇上吻了一下，动作很轻，有些尴尬。

她移开脸时，我看到了在她身后，在花园尽头，有两个人背对着货摊和人群，是罗萨莉娅和她的弟弟——尼娜的丈夫。

22

我轻声说：

"你大姑子和丈夫在那边。"

她眼中闪过一丝惊讶，有些厌恶，但仍保持了平静，甚至没转身。

"我丈夫？"

"对。"

方言这时候占了上风，她嘀咕着，混蛋，他妈的现在来这里干吗，他本该明晚才来的。她小心翼翼地推着婴儿车，以免孩子醒来。

"我可以给你打电话吗？"她问。

"随时都可以。"

她热情地向他们挥手打招呼，她丈夫也挥手回应。

"陪我过去吧。"她对我说。

我陪她走了过去，这对兄妹站在路口，我第一次发现他们很像，顿时有些惊讶：同样的身材、宽脸、粗脖子，同样突出、肥厚的下唇。我竟然觉得他们都很美，这个想法让我自己都很惊异：他们结实的身体，稳稳站在马路上，就像那种耐旱的植物，习惯于汲取一点点水分就能存活。他们有着结实的外壳，像坚固的船体，我想，没有什么能阻挡他们，而我不行，我只是孱弱的尾波。我从小就很害怕这些人，有时甚至是厌恶，虽然我很自负，觉得自己过着更精致的生活，更加敏锐，但我至今依然无法欣赏他们的决心。是什么让我觉得尼娜漂亮，罗莎莉娅不漂亮，标准是什么？为什么我觉得吉诺很帅气，而这个咄咄逼人的丈夫不好看？我看着这个怀孕的女人，似乎看到了黄色连衣裙里，她肚子里正在孕育的女儿。我想到了睡在婴儿车里筋疲力尽的埃莱娜，想到了那个娃娃。我想回家。

尼娜吻了吻丈夫的脸颊，用方言说："我很高兴你这么早就来了。"当他俯身亲吻孩子时，她又补充说，"她在睡觉，别吵醒她，你知道吗？这些天她一直都不让我安生。"然后用手指了指我说，"你还记得这位太太吧，上次是她帮我们找到了孩子。"男人轻吻了埃莱娜的额头，孩子这时满头大汗。他用方言说："你确定她没发烧了吧？"他起身时，我看到了他衬衫里沉甸甸的肚子，他转过身来，用方言亲切地对我说："原来您还在这里度假啊，您真幸运，什么事都不用做。"罗莎莉娅比她弟弟更会说话，马上严肃地补充说："这位太太在工作。托尼，她在沙滩时也在工作，不像我们只是在玩。祝您度过愉快的一天，勒达太太。"然后他们离开了。

我看到尼娜挽着丈夫的胳膊，一次也没转身就走了，她一路上有说有笑。我觉得她好像是被推着走的，在丈夫和大姑子之间，她看起来那么单薄。我感觉，他们之间的距离，比我和两个女儿之间的距离还要远。

集市外的交通一片混乱，一群群大人小孩，有的正在离开摊位，有的正在聚集过来。我找了人少的巷子往回走，爬上楼梯，回到我住的公寓，在最后一段台阶上，我突然感到一种紧迫感，匆匆爬了上来。

娃娃还躺在阳台的桌子上，太阳晒干了她的小衣服。我轻轻脱下她的衣服，让她一丝不挂。我想起了玛尔塔，小时候她总是爱把东西塞进她发现的每个洞里，好像想把那些东西藏起来，并确信能再找到，有一次我在收音机里发现了一段段生面条。我把娜尼带进浴室，把她的头朝下，一只手按住她的胸口。我用力摇晃她，黑乎乎的水从她嘴里流了出来。

埃莱娜在娃娃肚子里放了什么东西？当我第一次知道自己怀孕时，我很高兴，身体正在孕育生命，我想一切尽善尽美。我娘家的女眷在怀孕后，她们的身体都会膨胀起来，盘踞在她们肚子里的孩子就像一种漫长的疾病，会让她们变形，在分娩后，她们也无法回到原来的样子，而我希望怀孕时能够控制自己的身体。我不再像我祖母（她有七个孩子），不像我母亲（她有四个女儿），也不像那些姑姑阿姨、堂姐妹。我与众不同，很叛逆，我想愉快地挺着肚子，享受九个月的期待时光，监督、引导我的身体，让它适应怀孕的过程，就像我从青春期开始就严谨对待生活中的一切一样。我想象着，怀孕是我一生中最闪亮的阶段。因此我保持警惕，严格遵照医嘱。在怀孕期间，我努力保持美丽、优雅，让自己一直勤劳、愉快。我和肚子里的孩子交谈，让她听音乐，给她读我研究的外文原文，努力用一种充满创意的方式为她翻译，这让我充满自豪。对我来说，比安卡一生出来，就已经是比安卡了，一个优秀的孩子，情感和血脉都经过了提纯和升华，充满人性和智慧，一点儿也不会让人联想到一个活生生的、正在成长的生命的盲目和残酷。甚至漫长而剧烈的阵痛都没有让我失控，我觉得那是一种极端的考验，让我做好准备，控制恐惧，留下一段充满自豪的回忆——尤其是对我自己。

我一直表现得很好，比安卡从我体内出来时，我多么幸福啊。把她抱在怀里那几秒钟，我意识到，那是我一生中最享受的时刻。现在我看着娜尼头朝下，往水槽里吐着混合着沙子的深色泥水。我觉得，这和我第一次怀孕没有任何相似之处，我虽然也会孕吐，但持续时间很短，很轻微。后来我有了玛尔塔，她对我的身体发起了攻击，迫使它辗转反侧，失去控制。

她刚开始好像不是玛尔塔，而像是肚子里的一块生铁。我的身体变成了带着血腥的液体，一团黏糊糊的烂肉，里面生长着一只凶猛的八爪鱼，没有一点人性，它在猛烈地攫取养分，在不断膨胀，让我沦为没有生命的腐质。正在吐出黑水的娜尼，和我第二次怀孕时很像。

那时我很不快乐，但我没有意识到，小比安卡，在她顺顺当当地出生后，在我看来突然变了，夺走了我所有的能量、力气和想象。我丈夫忙于工作，我想他甚至没有注意到：他女儿在出生后变得多贪心、要求多、很讨厌，但她在肚子里时不是这样。我慢慢发现，我没有心力让第二次怀孕像第一次那样振奋。我头脑昏沉、身体乏力，没有任何散文、诗句、比喻、乐句、电影片段、色彩能够驯服我肚子里的黑暗野兽。令我真正崩溃的是：我放弃让怀孕的体验得到升华，第一次怀孕分娩的快乐记忆全被推翻了。

娜尼，娜尼，娃娃面无表情，继续吐着脏水。你把肚子里所有的污水都吐到了水槽里，好孩子。我掰开她的嘴唇，用手指撑住，往她嘴里灌了一些自来水，用力摇晃，把她的肚子里面，还有躯干洗干净。最后，我要把埃莱娜放在娃娃体内的"孩子"也弄出来。通过游戏，我们应该从小就告诉女孩真相：让她们自己想办法，营造一种可以接受的世界。我现在也在玩游戏，一个母亲也是个玩游戏的女儿，这有助于我反思。有个东西卡在娃娃的嘴里，取出不来，我找来眉毛钳。从这里重新开始，我想，从这个东西开始。我应该马上注意到这一点，从小开始，看到这个红色的充血物，很柔软，就是现在我用金属夹夹住的东西。我应该接受它原本的样子。可怜的家伙，看起来很不成人形。这是埃莱娜塞在娃娃肚子里的"孩子"，想让她像罗莎莉娅姑妈一样怀孕。我轻轻把它取出来，那是海滩上常见的虫子，我不知道它的学名是什么，就是在黄昏时分，那些钓鱼爱好者挖一下湿沙子就能找到的虫子，就像四十多年前，我的堂兄弟在格拉尼亚诺和加埃塔之间的海滩上钓鱼时，通常会挖的虫子。当时我入迷地看着他们，觉得有些恶心。他们抓起虫子，作为诱饵串在鱼钩上。鱼上钩后，他们熟练地把鱼从钩子上取下来，扔在身后，让鱼在干燥的沙滩上垂死挣扎。

我用拇指撑开娜尼柔韧的嘴唇，用钳子小心翼翼地把虫子夹了出来。我害怕所有蠕动的虫子，对于那团血肉，却感到一阵尖锐的痛苦。

23

<hr />

午后我去了海滩，坐在遮阳伞下，看着远处的尼娜，仿佛又回到了刚来那几天，对她充满好感和好奇。她很烦躁，埃莱娜时时刻刻都缠着她。

到了傍晚他们准备回家时，小女孩又开始哭闹，还想下海游泳。罗莎莉娅提议带她去，尼娜失去了耐心，大发脾气，用刺耳、粗俗的方言对大姑子大喊大叫，引起了海滩上所有人的注意。罗莎莉娅什么话也没说，这时尼娜的丈夫托尼介入了，拉着妻子的胳膊，向水边走去。他像受过训练一样，从不失控，即使他动作变得粗暴，也依然很镇定。他很严肃地对尼娜说着什么，但就像无声电影一样，我听不到他的声音。尼娜盯着脚下的沙子，用指尖摸一摸眼睛，时不时说"不"。

后来情况逐渐恢复正常，一家人成群结队向松林里的别墅走去，尼娜和罗莎莉娅冷言冷语，罗莎莉娅抱着埃莱娜，时不时会亲亲她。我看见吉诺在整理沙滩椅、日光浴床和丢下的玩具。我注意到，他拿起挂在遮阳伞上的蓝色纱裙，小心翼翼地折好。这时一个小男孩突然飞快地跑回来，从他手上扯下蓝色纱裙，消失在沙丘上。

时间在不知不觉中溜走了，周末到了。从星期五开始，海滩上就拥来了大量游人，天气很热。人越来越多，尼娜也越来越紧张，死死盯着女儿，只要看见孩子走开几步，她就像母兽一样忽然跳起来。我们会在岸边寒暄几句，聊几句她女儿的事。我半跪在埃莱娜身边，逗了她几句，她双眼通红，脸颊和额头被蚊子咬过。罗莎莉娅走过来，把脚泡进海水里，装作没看见我，我向她打招呼，她也不情愿地回应。

半早上我看到托尼、埃莱娜和尼娜坐在浴场的酒吧前，吃冰淇淋。我经过他们身边，去柜台点了杯咖啡，我感觉他们的注意力都在孩子身上，都没看见我。当我准备付钱时，经理告诉我不用付了，托尼说把这笔钱记在他账上。我想感谢他们，但那一家人已经离开了，现在他们和埃莱娜在海边上，夫妻俩正在吵架，没人关注孩子。

至于吉诺，我只要看一眼他那边，就能发现他表面上是在学习，实际却在远处观察吵架的夫妇。海滩上的人越来越多，尼娜被人群挡住了，男孩把考试用的课本放在一边，拿起了救生员配备的望远镜，好像担心随时会发生海啸。我想的不是他透过望远镜看到的，而是他想象的：午后的热浪来袭，那个那不勒斯大家庭像往常一样，从海边回家，在幽暗的双人床上，尼娜的身体被丈夫紧紧抱着，他们汗流浃背。

下午五点左右，这位年轻的母亲回到了海滩，她看起来很高兴，丈夫在她身边，抱着埃莱娜。吉诺看着她，满眼落寞，他收回了目光，开始看书，时不时转过来看我一眼，马上会把目光移开。我们都在等待同样的事情：周末快点结束，海滩恢复平静，尼娜的丈夫离开，她再次与我们交流。

晚上我去了电影院，是部很普通的电影，放映厅里稀稀拉拉的没什么人。灯灭了，电影开始了，这时一群孩子走了进来。他们嚼着爆米花，大笑着，互相叫骂，手机铃声响个不停，对着荧幕上女演员说着下流话。我不喜欢看电影时被打扰，哪怕是部烂片，起初我嘘了一声，见他们还不肯罢休，我便转身说，如果他们再不停下来，我就叫检票员。他们是沙滩上那个那不勒斯大家庭的孩子。你去叫检票员吧，他们取笑我，也许他们从未听说过"检票员"这个词。其中一个人用方言对我喊道：去吧，臭婆娘，去叫那个白痴。我起身去了售票处，向一个秃头男人解释了情况。他看起来很清闲，向我保证，他会处理好这件事。我在那几个男孩的嬉笑声中回到了大厅。不一会儿那人来了，他掀开窗帘，往里张望，但大家很安静。他在那儿站了几分钟，退了出去，吵闹声再次响起，其他观众什么也没说。我起身歇斯底里地喊道："我要报警。"他们开始用假声高呼："警察万岁，警察万岁。"我离开了。

第二天星期六，那帮男孩在海滩上，似乎在等待我的到来。他们嬉笑着，指着我，其中一些人盯着我，对罗莎莉娅嘀咕着什么。我想找尼娜的丈夫帮忙，但我为这个想法感到羞耻，我觉得自己似乎陷入了这帮人的逻辑。两点左右，人群的喧嚣、浴场传来的嘈杂音乐让我心烦意乱，我收拾东西离开了。

松林里空无一人，我感觉有人在跟踪我。我突然想起落在我背上的松果，于是我加快了脚步，我身后的脚步声还在继续，我惊慌失措，开始奔跑。我感觉嘈杂声、说话声、窃笑声越来越大，蝉的喧嚣、炎热中树脂的气味不再令人愉快，反而让人更焦虑。我放慢脚步，但这并不意味着我不再害怕，而是出于尊严。

回到家后，我很不舒服，出了一身冷汗，后来又很热，感觉有些窒息。我躺在沙发上，逐渐平静下来。我试着找点事儿做，我把房子打扫了一遍。娃娃仍然一丝不挂，头朝下放在水槽里，我给她穿上衣服。她肚子里不再有咕噜咕噜的水声，我想象着她肚子里现在是一条干涸的沟渠。我要清理思绪，搞清楚眼前的事。我在想，为什么一个动机不明的行为会催生其他更不明不白的事？关键在于要打破这个锁链。我想，埃莱娜重新拥有她的娃娃，她会很高兴。哦，其实事情不是这样，孩子永远不会只满足于要求的东西，事实上，当要求得到满足，会变得更难缠。

我洗了个澡，擦干身体时，看着镜子里的自己。我突然改变了这几个月对自己的看法。我发现自己没有变年轻，而是变老了，太瘦了，干巴巴的身体似乎像纸片一样缺乏厚度，阴毛也开始发白。

我出门去了一家药店称体重，体重秤把我的体重和身高打印在了一张纸上。我矮了六厘米，体重过轻。我又试了一次，但我的身高和体重又下降了一些，我很迷惑，离开了那里。在最令我恐惧的幻想中，一种是我会再次变小，回到青春期，回到儿童时代，重新把生命中的那些阶段都过一遍。我十八岁后才开始喜欢自己，那时我离开了原生家庭，离开了我的城市，去佛罗伦萨学习。

我顺着沿海公路一直走到夜色降临，吃着新鲜的椰子、烤杏仁和榛子。商店里灯火通明，年轻的黑人在人行道上摊开他们的商品，表演吞火的人吐出长长的火焰，小丑把彩色气球打结做成动物的形状，吸引了一大群孩子，周六晚上的人群越来越拥挤。我发现，广场上正在准备一场舞会，我等待着舞会开始。

我喜欢跳舞，也喜欢看人们跳舞。乐队开始演奏探戈，舞者大多是老年人，都跳得很好。在跳舞的人中，我认出了乔瓦尼，他的身影矫健，舞步认真而有力。观众越来越多，在广场的边上围了一圈人，结对跳舞的人也越来越多，但后来加入的人跳得不怎么好了。现在，各个年龄段的人都有，彬彬有礼的孙子和祖母，父亲和十几岁的女儿，老太太和老太太，孩子和孩子，游客和当地人。这时乔瓦尼突然站在我面前，邀请我跳舞。

我把包放在一个他认识的老太太那里，我们跳了一段舞，我觉得应该是华尔兹。从那一刻起，我们一直不停地在跳舞。他谈到了炎热的天气、星空、满月，还有那几天海里的贻贝特别多。我感觉越来越好，他满头大汗，但一本正经，继续邀请我跳舞。他真的很有礼貌，我接受了，跳得很开心。当那个那不勒斯大家庭出现在广场边缘的人群中时，他停了下来，向我道歉，去招呼那些人。

我去拿我的包，一边观察着他，他礼貌地向尼娜、罗莎莉娅打招呼，最后还特别恭敬地问候了托尼。我看到他有些笨拙地逗着埃莱娜，那孩子在母亲的怀里，吃着比她的脸大两倍的棉花糖。打完招呼后，他仍然待在他们身边，身体有些僵硬、不安，什么也没说，他似乎很自豪和这些人待在一起。我明白，夜生活对我来说已经结束了，我决定离开。但我注意到，尼娜把女儿交给罗莎莉娅，强行拉着丈夫一起跳舞，我想再待一会儿，看她跳舞。

男人的动作很僵硬，也许是因为这一点，尼娜的动作看起来自然和谐，令人愉悦。我感觉有人在触碰我的手臂，是吉诺，他刚才像小动物一样，躲在某个角落里，现在忽然跳了出来。他问我想不想跳舞，我说我很累，很热，但与此同时，我内心有一种淡淡的喜悦，于是我拉着他的手，跳了起来。

我很快意识到，他是希望把我带到尼娜和她丈夫身边，希望她看到我们。我帮助他实现了心愿，不介意让尼娜看到我在和她的情人一起跳舞。但一对对跳舞的人太多了，很难靠近他们，我们心照不宣地放弃了。我把包挎在肩上，算了吧。但不管怎样，和那个男孩跳舞很愉快，他身材纤细高大，皮肤黝黑，眼睛亮晶晶，头发有些凌乱，手掌很干燥，和他跳舞与和乔瓦尼是如此不同，能感觉到两个人身体和气味的不同。在我看来，这是时间上的分裂：同一个夜晚，在广场上，就像魔法一样，时间分成了两半，我在生命的两个不同年龄阶段跳了舞。音乐结束时，我说我累了，吉诺想陪我回家。我们离开了广场、滨海路和身后的音乐。我们谈到了他的考试、大学，在门口，我意识到，他有些勉强地向我告别。

"你要不要上来？"我问他。

他摇摇头，有些尴尬地说：

"您送给尼娜的礼物很漂亮。"

他们竟然又见面了，而且她还给他看了那根帽针，这让我有些厌烦。他补充说：

"她真的很感谢您的好意。"

我嘟哝着说，是的，我也很高兴。他接着说：

"我有件事想请求您。"

"什么事？"

他没有看我的脸，而是盯着我身后的墙壁。

"尼娜想知道，您是否愿意把房子借给我们几个小时。"

这句话让我很不舒服，心情一下子就变坏了，似乎在我血管里蔓延。我看着这个男孩，我想知道，这是尼娜的请求还是他自己的愿望。我忽然回答说：

"告诉尼娜，我想和她谈谈。"

"什么时候？"

"她有空的时候。"

"她丈夫明天晚上离开，在此之前她不可能来。"

"那就周一上午吧。"

他沉默了，现在他很紧张，不知道是否应该离开。

"您生气了吗？"

"没有。"

"但您的脸色不太好。"

我冷冷地告诉他：

"吉诺，那个管理我公寓的人认识尼娜，和她丈夫有生意来往。"

他露出一脸不屑的表情，微笑着说：

"乔瓦尼？他算什么，只要给他十欧元，他就会闭嘴。"

我再也无法掩饰我的愤怒，我说：

"为什么你们偏偏来找我借房子？"

"是尼娜决定的。"

24

我难以入睡，我想过给两个女儿打电话，她们一直在我脑子里，但那几天我心里乱糟糟的，有时候会忘记她们的存在。这一次我也放弃了，没有给她们打电话。她们会列出她们需要的东西，我想着，叹了口气。玛尔塔会说，我只想着比安卡的笔记，却把她交代的事忘了——我不知道是什么，总是有那么一些东西。她们从小就这样，总是怀疑我偏心，更操心另一个。以前她们为玩具、糖果，甚至为我亲吻她们的数量而争吵，后来她们开始为衣服、鞋子、摩托车、汽车吵个不停，总之是为钱吵。现在我必须非常小心，要给她们俩一模一样的东西，因为她们都带着敌意，在心里有一本秘密的账目。从小她们就觉得我的感情不可靠，所以会根据我的具体行动，以及我给她们的东西来衡量。有时我想，现在她们已经把我当作一份在我死后要争夺的遗产了。她们遗传了我身体的不同特征，她们觉得不公平，所以不希望在钱上，在为数不多的财产上，也发生同样的事情。不，我不想听到她们的抱怨。她们为什么不给我打电话？如果电话没响，显然没什么要紧事。我在床上翻来覆去，睡不着，觉得很生气。

无论如何，只要满足两个女儿的要求，一切就能过去。在比安卡和玛尔塔的青春期，她们经过激烈的争吵，严格分配使用房子的时间，上百次要求我把公寓留给她们。她们有自己的性爱需求，我一直都很包容。我想，在家里总比在汽车里、黑暗的街道上、草地上，面临无数不便和危险好。我总是很失落，只好去图书馆、电影院，或在朋友家睡觉。但尼娜呢？尼娜是八月海滩上看到的一个女人，我们交换眼神，聊过几句话，因为我莫名其妙的举动，她和她女儿成为了最大受害者。为什么我应该把房子留给她，她是怎么想的呢？

我起身在公寓里转了一圈，来到了阳台上，夜晚的天空仍回荡着节日的声响。突然我清楚地感到了那个年轻女人和我之间的联系：我们几乎没什么来往，但关系越来越紧密。或许她想让我拒绝她，不给她公寓钥匙，这样她就会避免因为发泄情绪而做出危险的事。或者说她想让我把钥匙给她，想通过这一举动，感受到我赋予她的权利：她可以冒着风险出逃，踏上另一条道路，与命中注定的未来有所不同。总之，她想象我充满经验、智慧和叛逆的力量，她希望这对她有用。她需要我支持她，一步步跟随她，帮助她做出选择。无论我给她钥匙，还是拒绝她，都会推动她做出选择。在我看来，当大海和小镇变得寂静时，她真正想要的，并不是在我的房子里和吉诺缠绵几个小时，而是想把自己交给我，这样我就可以关心她的生活。灯塔的光有规律地扫射到阳台上，让人难以忍受，我起身回到了屋里。

我在厨房里吃葡萄，娜尼在桌上，看起来干净清爽，但脸上带有一种难以名状的表情。无形、空虚，没有清晰的秩序，没有真相。在海滩上，尼娜是什么时候选择了我，我是怎么走进她的生活的？当然是在一片混乱中，一股无形的力量推动着她。我觉得她是个完美的母亲，埃莱娜是个理想的女儿，但自从我从她女儿手里拿走了这个娃娃，她的生活变得很艰难。在她看来，我是一个自由、独立、优雅、勇敢的女人，生活中没有黑暗的沟壑。面对她焦灼的问题，我始终闭口不言，保持缄默。凭什么我有这样的权利，为什么当时我要那么做？我们只是表面相似，但她承担的风险比我二十年前大得多。从小时候开始，我就拥有强烈的自我意识，野心勃勃，奋力将自己从原生家庭中解脱出来，就像从一个拉扯着我的人手中挣脱出来一样。我离开了丈夫和女儿，当时我确信自己有这样的权利，我是对的，更何况詹尼虽然很绝望，但没有迫害、纠缠我，他很会为别人着想。在离开两个女儿的三年里，我从未感到孤独，我有哈迪，他很有名望，很爱我。我觉得周围有个小世界支撑着我，由男女朋友组成，即使会发生争论，但他们也和我有着相同的文化，能理解我的野心和痛苦。当内心的压力变得难以承受时，我又回到了比安卡和玛尔塔身边，有人默默退出了我的生活，有些门永远关上了。我前夫决定，这次轮到他逃跑了，他去了加拿大，但没有人赶我走，认为我不配回去。而尼娜什么都没有，她甚至不能像我一样，在断裂前为自己找好出路。而且在此期间，世界并没有变好，对女人反而更残酷了。她告诉我，她面临着被杀死的风险，即使她做的事比我很多年前做的轻微得多。

　　我把娃娃带到卧室，给了她一个枕头，让她靠在上面。我把她放在床上，就像过去在南方某些人家里那样，让她张开双臂坐着，我躺在她身边。我想到了布兰达，我在卡拉布里亚认识的那个英国姑娘，我们只相处了几个小时。我突然意识到，尼娜赋予我的角色，就像我赋予布兰达的角色。布兰达出现在通往雷焦卡拉布里亚的高速公路上，我赋予了她我想拥有的力量。也许她意识到了，在远处为我提供了小小的帮助，让我承担起自己生活的责任，我也可以像她一样。我关了灯。

25

我醒得很晚，吃了点东西，今天是星期天，我决定不去海滩，上个星期天给我留下了特别糟糕的回忆。我拿着书和笔记本坐在阳台上。

我对正在做的工作很满意。我的学术生涯从来都不轻松，但最近几年——当然是我自己的原因：我脾气变坏了，变得固执，有时还很易怒——事情变得更加复杂，我必须尽快调整状态，更认真严肃地学习。几个小时过去了，我没有胡思乱想，一直工作到天黑，只有几只黄蜂打扰了我，湿热的天气让人有些不舒服。

快到午夜了，我正在看电视剧，手机响了，我认出是尼娜的号码，接了电话。她突然问我，第二天上午十点能不能来找我。我给了她地址，关了电视，上床睡觉了。

第二天我早早就出门了，想找人配把钥匙。十点差五分时我回了家，上楼时我的手机响了。尼娜说，她不能在十点来，希望晚上六点左右过来找我。

我想，她已经决定了，她不会来了。我收拾好东西，准备去海滩，但后来放弃了。我不想见到吉诺，而且我讨厌那些被惯坏的、暴力的那不勒斯孩子。我洗了个澡，穿上分体泳衣，躺在阳台上晒太阳。

这一天在不知不觉中慢慢溜走了，我晒晒太阳，冲冲凉，吃些水果，看会儿书，时间就过去了。我时不时想起尼娜，看看表，我叫她来找我，这让她的处境变得更艰难。起初她一定以为，我会把钥匙给吉诺，和他商量好哪天几点，把公寓让出来给他们。但自从我要求直接和她谈的那一刻起，她便开始犹豫了。我想，她觉得没法直接向我提出要求，让我做她的同谋。

下午五点左右，我还穿着泳衣，晒着太阳，头发湿漉漉的，对讲机响了，是尼娜来了。我打开门，在门口等她上来。她戴着新帽子，气喘吁吁地出现了。我让她进来，我在阳台上穿上了衣服。她用力地摇摇头，并不打算进来。她把埃莱娜托付给了罗莎莉娅，借口说她要去药店买些药水，疏通孩子的鼻塞。埃莱娜呼吸不太通畅，她说，孩子总是泡在水里，感冒了。我感觉她很不安。

"进来坐一会儿吧。"

她把帽子上的别针取下来，把两样东西都放在客厅的桌子上。我看着帽针上深色的琥珀、那根闪闪发光的针，我想，她戴上这顶帽子只是为了告诉我，她在使用我的礼物。

"这里很美。"她说。

"你真的想要钥匙吗？"

"如果你不介意的话。"

我们坐在沙发上。我告诉她，我很惊讶，温柔地提醒她，她曾说过，和丈夫在一起很幸福，和吉诺只是一场游戏。她同意我说的话，很不自在。我微笑了一下。

"所以呢？"

"我再也受不了了。"

我直视她的眼睛，她没有闪躲，我说，好吧。我从包里拿出钥匙，把它放在桌上的帽针和帽子旁边。

她看了看钥匙，似乎并不高兴。她说：

"你觉得我该怎么办？"

我用通常对女学生说话的语气，回答说：

"我觉得，你这样做是在冒险。尼娜，你得回去读书，毕业后找份工作。"

她一脸不赞同。

"我什么都不懂，一文不值。我怀孕了，生了个女儿，我甚至不知道自己心里是怎么想的。我唯一真正想做的就是逃跑。"

我叹了口气。

"做你想做的事。"

"你会帮我吗？"

"我正在帮你。"

"你在哪儿生活？"

"佛罗伦萨。"

她像笑了笑，像通常一样不安。

"我会去看你的。"

"我把地址留给你。"

她正准备拿钥匙，但我站起来说：

"等等，我还有个东西要给你。"

她微笑地看着我，有些迷惑，她一定认为那是一份新礼物。我走进卧室，拿起娜尼。我回来时，她正在玩钥匙，嘴角带着一丝微笑，这时她抬起头，笑容消失了。她惊讶地说：

"是你拿走了娃娃。"

我点点头，她忽然站了起来，把钥匙丢在桌子上，好像很烫手。她喃喃地说：

"为什么？"

"我不知道。"

她突然提高了声音：

"你整天看书、写字，难道你不知道吗？"

"不知道。"

她摇了摇头，难以置信，声音低了下来：

"娃娃在你手里。我很绝望，不知道该怎么办时，你却一直拿着她。我女儿一直哭，快把我逼疯了，而你一句话都没说。你看到了我们的处境，但你一动不动，什么都没有做。"

我说：

"我是个不近人情的母亲。"

她同意我说的话，大声说："是的，你是个心理扭曲的母亲。"她从我手中夺走了娃娃，仿佛要重新占有她，她用方言对自己说，她要走了。然后用意大利语对我大喊："我不想再见到你，我不想从你这里得到任何东西。"她朝门口走去。

我张开双手说：

"拿着钥匙吧，尼娜。我今晚就走，房子到月底都是空的。"我转身看向窗外，不忍心见她气急败坏的样子。我小声说：

"我很抱歉。"

我没有听到关门声，有那么一刹那，我以为她决定拿走钥匙，但她在我身后，嘴里嘟哝着，用方言骂我，就像我祖母、母亲曾骂出的那些可怕的话。我正要转身，突然感觉身体左侧一阵剧痛，像烧伤一样。我低头一看，一个针尖从皮肤里冒了出来，在我的腹部、肋骨下面。那个针尖只出现了不到一秒的时间，在这短暂的时间里，伴随着尼娜的声音，还有她灼热的呼吸，消失了。她把帽针扔在地上，没有拿走帽子，也没有拿钥匙。她带着娃娃跑了，关上了我身后的门。

我把胳膊靠在窗户上，看着我的侧腰，有一小滴血涌出来，在皮肤上一动不动。我觉得有点冷，我很害怕，等着发生什么事，但什么都没发生，血滴变黑了，凝结了，那阵刺穿我身体的疼痛和灼烧感也消失了。

我走过去，小心翼翼地坐在沙发上。这根针刺穿了我的身体，也许就像一把剑刺穿了苏菲派苦行僧的身体，没有造成任何伤害。我看着桌上的帽子、皮肤上的血痂。天黑了，我起身打开了灯，开始收拾行李，但动作缓慢，好像得了重病。准备好行李箱后，我穿上衣服、凉鞋，理了理头发。这时手机响了，我看到了玛尔塔的名字，感到很舒心，接了电话。她和比安卡异口同声，仿佛已经事先演习好了，夸张地模仿我的那不勒斯腔，在我耳边欢快地喊道：

"妈妈，你在干吗，为什么不给我们打电话？你至少让我们知道你是死是活吧？"

我很感动，低声说：

"我死了，但我很好。"

关于作者

　　埃莱娜·费兰特著有小说《烦人的爱》，导演马里奥·马尔托内根据这部小说拍了一部同名电影。她的第二部小说是《被遗弃的日子》，由导演罗伯特·法恩扎拍成电影。在访谈集《碎片》中，她讲述了自己的写作生涯。2006年e/o出版社出版了她的小说《暗处的女儿》，2007年出版了儿童读物《夜晚的海滩》；2011年出版了"那不勒斯四部曲"第一部《我的天才女友》，2012年出版了《新名字的故事》，2013年出版了《离开的，留下的》，2014年出版了最后一部《失踪的孩子》。